Déjà parus :

1. *Juliette à New York*
2. *Juliette à Barcelone*
3. *Juliette à La Havane*
4. *Juliette à Amsterdam*

www.kenneseditions.com

Dépôt légal : mars 2016 | D/2016/13.105/6
ISBN 978-2-8758-0260-6 | NUART 66-8238-8

Couverture et illustrations intérieures : Géraldine Charette
Graphisme : René St-Amand
Mise en pages : Martel en-tête

Imprimé en Belgique par Snel

ROSE-LINE BRASSET

Juliette à Amsterdam

Kennes

Avant-propos

Bienvenue dans l'univers coloré de Juliette Bérubé, une adolescente québécoise qui suit sa mère journaliste autour du monde. À travers le journal de voyage de la jeune fille, vous aurez l'occasion de vous familiariser avec les expressions typiquement québécoises utilisées par les jeunes de chez nous. Afin de vous aider à vous y retrouver, les termes suivis du symbole [L] sont expliqués dans un lexique situé à la fin du livre. Si ces mots et expressions vous font sourire, profitez-en pour les mémoriser en vue d'un séjour au Québec. On vous attend avec impatience!

Bises
Rose-Line

Rose-Line Brasset est journaliste, documentaliste et auteure depuis 1999. Elle détient une maîtrise en études littéraires et a rédigé plusieurs centaines d'articles dans les meilleurs journaux et magazines canadiens sur des sujets aussi divers que les voyages, la cuisine, la famille, les faits de société, l'histoire, la santé et l'alimentation. Globe-trotteuse depuis l'adolescence, elle est aussi l'auteure de *Voyagez cool!*, publié chez Béliveau, et de deux ouvrages parus aux Publications du Québec dans la collection « Aux limites de la mémoire ». Mère de deux enfants, elle partage son temps entre la vie de famille, l'écriture, les voyages, les promenades en forêt avec son labrador, la cuisine et le yoga.

À Roland, Alain, Éric et Emmanuel,
les hommes de ma vie.

Jeudi 22 octobre

15 H 05

Misère ! C'est donc ben loonng ! Assise en classe d'histoire, je dois faire des efforts surhumains pour ne pas m'endormir. Ma tête est lourde et mes paupières se ferment toutes seules ! Ce n'est pas que je ne l'aime pas, monsieur Cayer, il est plutôt gentil en fait, mais il est tellement plaaaaaate[L]. Enfin, peut-être pas lui, mais la matière qu'il enseigne. Non mais, qui peut bien s'intéresser à ce qui s'est passé en Europe entre 1914 et 1918, ou entre 1939 et 1945 ? Pas moi, en tout cas… C'est tellement loin tout ça ! Même ma mère n'était pas encore née, alors qu'elle a quarante ans passés ! Je me demande bien ce qu'elle aura cuisiné pour dîner ce soir. Des spaghettis peut-être ? Non, nous sommes jeudi. Les spaghettis, c'est le lundi. Ce sera plutôt des macaronis ou des tortellinis… C'est correct aussi ! ☺

— Tu peux répondre à la question, Juliette ?

— Hein, quoi ?

Aaah ! Il m'a fait sursauter ! Je me redresse sur ma chaise et écarquille les yeux, tentant de rassembler mes idées. Il parlait de quoi là, au juste ? Un coup d'œil en direction de mon amie Gina me confirme qu'elle ne pourra m'être d'aucune utilité.

— Tu sais ce qui s'est passé le 11 novembre 1918 ? insiste monsieur Cayer.

— Euh !

Pas la moindre idée ! Si j'avoue que j'étais dans la lune, je risque de me retrouver avec des problèmes. Mieux vaut lancer n'importe quoi !

— C'est le jour où on nous vend des coquelicots en souvenir des gens morts à la guerre ?

Allez savoir pourquoi, toute la classe éclate de rire, à commencer par les sœurs Lirette. Grrr ! Qu'est-ce que j'ai dit de si drôle ? C'est vrai quoi ! Tous les ans, en novembre, ma mère m'achète un coquelicot qu'elle épingle sur mon manteau et me force à porter pendant le mois tout entier...

Monsieur Cayer sourit, c'est déjà ça de pris !

— Pas tout à fait, Juliette, même si tu n'es pas complètement à côté non plus. Le 11 novembre 1918 marque la fin des combats de la Première Guerre mondiale, c'est-à-dire la victoire des Alliés et la défaite de l'Allemagne.

— C'est ce que je voulais dire, bien sûr. Et c'est pour ça qu'on porte des coquelicots, non ?

— Au Canada et dans plusieurs autres pays, on porte en effet le coquelicot en novembre afin de se souvenir de ceux qui sont morts sur les champs de bataille.

Pfff ! Qu'est-ce que je disais ?

— Sais-tu pourquoi ?

— Euh ! Ben... Non.

— Et toi, Gina ? En as-tu une idée ?

— Euh ! Moi ça ? Pourquoi moi ? bafouille mon amie, l'air complètement ahurie.

— Moi, je sais ! s'écrie Gino après avoir promptement levé la main.

Gino est aussi mon ami. En fait, Gina, Gino et moi formons un trio de *BFFs* [L] et nous sommes in-sé-pa-ra-bles !

— Dis-moi, l'invite monsieur Cayer.

— Cette fleur a été choisie comme symbole parce que dans un champ où se sont battus les soldats, lors de la Première Guerre mondiale, il y avait des coquelicots en abondance.

Encore une fois, les éclats de rire fusent de partout. Sidérée par la réponse farfelue de mon ami, je ne peux m'empêcher de sourire, moi aussi. Où diable est-il allé chercher une histoire pareille ?

L'air sérieux, monsieur Cayer lève la main pour imposer le silence.

— Gino a tout à fait raison, mes amis. Certains champs de bataille de la Première Guerre étaient parsemés de coquelicots.

La classe entière se tait, regardant le prof d'un air incrédule.

— Le lieutenant-colonel John McCrae, qui était canadien, a écrit un poème sur le champ de bataille d'Ypres, en Belgique. Ce texte a fait le tour du monde et depuis, le coquelicot évoque tous ceux qui sont tombés au combat ou lors d'opérations militaires. Aimeriez-vous l'entendre ? La version originale est en anglais, mais elle a été traduite en français.

Ma curiosité éveillée, j'aimerais en effet entendre ce poème que Gino semble connaître. Comme plusieurs élèves hochent la tête avec moi, monsieur Cayer commence à déclamer :

Les cimetières flamands

Sous les rouges coquelicots des cimetières flamands,
Qui parmi les rangées de croix bougent dans le vent,
Nous sommes enterrés. Et dans le bleu des cieux,
Les alouettes encore lancent leur cri courageux
Que plus personne n'entend sous le bruit des canons.

Nous sommes morts: il y a à peine quelques jours,
Nous connaissions les joies de la vie, de l'amour,
La fraîcheur de l'aurore, les lueurs du ponant.
Maintenant nos corps sans vie reposent en sol flamand.

Nos mains inanimées vous tendent le flambeau:
C'est à vous, à présent, de le tenir bien haut,
De contre l'ennemi reprendre la querelle.
Si vous ne partagez des morts la foi rebelle,
Nos corps ne pourront pas dormir paisiblement
Sous les rouges coquelicots des cimetières flamands[1].

Bon, je dois l'admettre, je trouve le poème très beau. J'ouvre la bouche pour poser une question, mais la cloche sonne. Bah! Ce n'est pas grave.

—N'oubliez pas d'avancer dans votre lecture obligatoire pendant le week-end, les amis, hein! Vous aurez un test à ce sujet vendredi prochain, conclut le prof en ouvrant la porte pour nous laisser sortir.

Ouache! Pas le choix d'apporter ce livre à la maison, alors... Je fais la grimace en me dirigeant vers la sortie. J'aime peut-être la poésie, mais l'histoire n'est décidément pas ma matière préférée.

1. Traduction du poème «In Flanders Fields» de J.-P. van Noppen.

— Bonsoir, monsieur Cayer.

— Bonne lecture, Juliette.

15 H 30

— Salut, m'man ! On mange quoi pour dîner ?

Assise au comptoir de la cuisine, ma mère est penchée sur des papiers. Lorsqu'elle relève la tête pour m'accueillir, je remarque des larmes sur ses joues.

— Ben voyons, qu'est-ce qui t'arrive, ma petite maman ? Il s'est passé quelque chose ?

Je suis inquiète. Ma mère a beau être une enquiquineuse de première catégorie, elle rit ou sourit presque tout le temps. Je n'ai donc pas l'habitude de la voir pleurer.

— Tu as reçu de mauvaises nouvelles ? poursuis-je en lorgnant du côté d'une enveloppe brune posée devant elle.

Essuyant ses larmes avec empressement, ma mère répond :

— Pas du tout, ma chérie, bien au contraire.

Elle me sourit doucement.

— Il se passe quoi alors ?

— Tu te souviens de cette lettre que j'ai retrouvée dans les affaires de ton grand-père ?

— Euh ! non.

— Celle d'une famille d'Amsterdam qu'il a connue lors de son séjour là-bas, avant de partir pour l'Allemagne, et qui prenait de ses nouvelles, en 1946, après son retour de la Seconde Guerre mondiale.

— Ah ! cette lettre-là... Je me souviens très vaguement que tu m'en as parlé.

— Tu te rappelles peut-être que j'avais effectué une démarche auprès de l'ambassade des Pays-Bas à Ottawa pour savoir si cette famille habitait toujours à Amsterdam ?

— Euh...

— Eh bien, l'ambassade m'a fait parvenir une réponse du fils de l'homme qui signait cette lettre à ton grand-père. Il dit que son père, George Ennenga, sa tante et sa grand-mère lui ont beaucoup parlé de ton grand-père et qu'il aimerait bien nous rencontrer un jour. Il m'a aussi envoyé une photo. Regarde !

Elle me tend une photographie en noir et blanc au centre de laquelle je distingue un jeune homme d'environ dix-huit ans portant un uniforme militaire. Il a les mêmes yeux que ma mère. J'en déduis qu'il s'agit de mon grand-père. Il sourit et semble pétant de santé. Il en va tout autrement des gens qui l'entourent sur la photo. À sa gauche se tiennent une femme d'une quarantaine d'années au visage las et un adolescent efflanqué qui a l'air particulièrement fier de se faire photographier. À sa droite, une petite fille d'environ six ans lui tient la main. Ces gens sont si maigres et habillés si pauvrement que mon cœur se serre.

— Et il t'a appris autre chose ? Quelque chose de triste ?

— Non, il raconte simplement le séjour de ton grand-père aux Pays-Bas, son rôle dans la libération du pays et l'attachement de sa famille pour lui.

Je vois de nouveau une larme rouler sur sa joue.

— Mais alors, pourquoi tu pleures ?

— Parce qu'à travers ces papiers, j'ai l'impression d'apprendre à mieux connaître mon père et ça m'émeut, voilà.

— Ah bon ! C'est cool !

Décidément ! Qu'est-ce qu'ils peuvent être pas de rapport[L] les adultes des fois ! Surtout ma mère qui pleure parce qu'elle est contente au sujet de quelque chose qui s'est passé il y a tellement longtemps ! Mais, attendez que je vous explique. Maman et moi vivons seules toutes les deux depuis ma naissance. Je n'ai pas la chance de connaître mon père. Ma mère n'a pas vraiment connu le sien non plus puisqu'il est décédé quand elle avait deux ans. Grand-papa était militaire et il a épousé ma grand-mère sur le tard. Il avait déjà quarante-cinq ans lorsqu'ils se sont mariés, alors qu'elle n'en avait que vingt-cinq. Vous rendez-vous compte ? Pas étonnant qu'il soit mort pas très longtemps après. Enfin, tout ce que je sais de lui, c'est qu'il a passé du temps en Europe pendant et après la Seconde Guerre mondiale et qu'il fait partie de ceux qu'on appelle les « anciens combattants ». Mais qu'est-ce qu'ils ont tous à vouloir parler de guerre aujourd'hui ? On ne pourrait pas se trouver un sujet plus rigolo ?

— On mange quoi pour dîner finalement ?

— Des tortellinis.

— *Yeah !*

Enfin, quelque chose de réjouissant... J'aime presque autant les tortellinis que les spaghettis. ☺

Mardi 27 octobre

16 H

Je suis dans la salle à manger, en train de manger du pain aux bananes en compagnie de Gino et Gina. En principe, on est censés faire nos devoirs… Ma mère, qui ces jours-ci passe la majorité de son temps enfermée dans le bureau, vient d'en sortir et se dirige vers nous. Elle ne va pas se mettre à nous espionner, j'espère !

— Vous faites quoi, les poussinots ?

— Ma-man !

— Quoi ?

— Cesse de nous appeler comme ça. On n'est plus des tout-petits là !

Grrr !

— Moi, je trouve ça plutôt *cute*[L], s'esclaffe Gino.

— Maman aussi m'appelle comme ça parfois,

commente Gina.

— Je dois te parler, Juliette.

Oh, oh ! Quand ma mère dit cela, c'est signe que j'aurais mieux fait de me trouver ailleurs…

— Comme tu le vois, on est un peu occupés. Là, on mange, pis après on a des tonnes de devoirs à faire. Ça ne peut pas attendre ?

— Pas vraiment, non. Tiens, qu'est-ce que tu as, là ?

Elle montre du doigt le livre que monsieur Cayer nous oblige à lire pour vendredi.

— Oh ! juste un livre plate qu'il faut lire en cours d'histoire.

— Plate, tu dis ? C'est *Le Journal d'Anne Frank* !

— Tu connais ?

— Bien sûr que je connais Anne Frank, pitchounette. Le monde entier la connaît ! J'ai lu ce livre en sixième année, lorsque j'avais onze ans. Vous êtes en retard…

Ark-que ! Je me disais bien aussi que cette histoire était dépassée. Que ce soit en sixième année ou en deuxième secondaire, ça n'intéresse plus personne ce journal de fille enfermée avec toute sa famille dans un logement de la taille d'un garde-robe[L]…

— Tu sais où se passe ce récit, ma chouette ?

— Euh ! Pas vraiment, non.

— Ça se passe à Amsterdam, la capitale des Pays-Bas, répond mon Gino, qui est imbattable autant en histoire qu'en géographie.

— Absolument. Gino a raison, et tu seras heureuse d'apprendre que c'est justement là-bas que nous partons jeudi soir. Termine vite tes devoirs parce que, après, il faut que tu commences à faire tes bagages.

— Quoi ? C'est une blague, j'espère ! Après-demain ?

— Puisque je te le dis.

Non mais, je rêve. Pas ENCORE ! ☹

Jeudi 29 octobre

14 H 30

Maman est venue me chercher à l'école en plein cours de maths. Je n'étais pas trop fâchée de m'en tirer à si bon compte… Là, je suis en train de boucler ma valise. Je n'avais pas grand-chose à mettre dedans, il faut le dire. Je me demande bien ce que portent les filles branchées d'Amsterdam. Vous le savez ? C'est l'angoisse ! Je n'ai pas envie de passer pour la pauvre fille qui débarque d'un trou perdu ! Ce n'est pas que je n'aime pas voyager, mais il faut avouer que ça m'oblige chaque fois à sortir de ma zone de confort. Il est vrai que c'est plutôt cool lorsqu'il y a des magasins intéressants à visiter ou qu'il y a des chances de croiser des célébrités en pleine rue. Comme à New York, Barcelone, Paris ou Londres ! Mais je doute que ce soit le cas d'Amsterdam… Pas sûre que ça vaille la peine de manquer l'école pour visiter une ville dont les habitants les plus célèbres sont décédés depuis une éternité, genre Vermeer ou Vincent van Gogh.

Ce qui m'ennuie le plus, en vérité, c'est que je dois me séparer de mes *BFFs* pour plusieurs jours et qu'au retour, j'aurai manqué suffisamment de cours de maths, d'anglais et d'histoire pour être totalement dans le champ ! J'aurais tellement aimé que Gino et Gina nous accompagnent ! Ma mère, la très chère, ne le sait peut-être pas, mais la vie qu'elle me fait mener est un véritable enfer ! Ça vous dirait, vous, de passer votre temps à monter et descendre d'avion ? D'être continuellement en décalage horaire ? De faire la connaissance d'inconnus aux quatre coins de la planète ? C'est ça, moquez-vous, mais croyez-moi, ce n'est pas toujours aussi drôle que ça en a l'air de voyager avec sa mère ! D'autant plus qu'elle et moi avons une prédisposition, disons toute « génétique », à mettre les pieds là où il ne faut pas...

Mais revenons-en à nos moutons. Je n'ai décidément rien à me mettre de vraiment potable et je ne tiens pas du tout à faire rire de moi en portant des trucs démodés depuis au moins trois mois. Grrr... 😠

15 H

— Alors, Juliette, ces bagages ? Allons, tu vas nous faire rater l'avion pour Montréal !

— Attends, je n'ai pas encore terminé. Ce qu'il y a, c'est que je n'ai vraiment rien à me mettre sur le dos.

— Tu ne vas pas recommencer avec ça, Julieeette ! Quelques jeans et t-shirts, des chandails[L] chauds pour aller par-dessus, des chaussures confortables, deux-trois foulards, un imperméable et, hop ! le tour est joué ! Tu n'as tout de même pas rendez-vous avec Kevin Bazinet, là. J'ai déjà mis dans ta valise à peu près tout ce qu'il te faut. Ajoute tes chaussures préférées et allons-y !

Quand ma mère étire le « ette » de mon prénom, c'est qu'elle commence à s'énerver contre moi. Je lui en ferai, moi, des rendez-vous avec Kevin Bazinet ! Quoique, vu l'heure, il vaut peut-être mieux laisser tomber…

— Mais là-bas, il va faire plus chaud qu'ici, non ?

— À cette période de l'année, pas tellement, justement. En octobre et novembre, il pleut souvent, il vente et il risque de faire assez froid finalement, même à Amsterdam.

— Formidable !

Décidément, ça me tente de plus en plus d'y aller… Non mais j'y pense, tout à coup. C'est demain matin que monsieur Cayer doit questionner ma classe d'histoire sur le livre d'Anne Frank. Ça tombe rudement bien parce que je ne l'ai pas lu, finalement. C'est toujours ça de gagné !

— Oh ! Juliette, j'allais oublier. Ton prof d'histoire, monsieur Callières, m'a envoyé un petit mot.

— Monsieur Cayer ?

— Oui, c'est ça, monsieur Cahier, quel drôle de nom quand même ! Il me fait te dire de ne pas oublier d'emporter *Le Journal d'Anne Frank* parce que tu devras reprendre ton test de lecture au retour.

Qu'est-ce que je disais ? Ma vie est un en-fer !

15 H 30

— Allez, Julieeet-te ! Notre taxi est déjà là. On n'attend plus que toi.

La main sur la poignée de la porte de ma chambre, je jette un dernier coup d'œil et j'aperçois Éléphanteau sur mon lit. C'est l'éléphant en tissu éponge gris que m'a offert Nathalie, la meilleure amie de maman, quand j'ai eu trois ans. Je dors avec lui presque toutes les nuits depuis, mais je l'emporte rarement avec moi, de peur de le perdre ou de l'oublier quelque part… Une fois, j'avais environ onze ans, je n'ai pas retrouvé ma valise en sortant de l'avion. Maman et moi revenions de je ne sais plus où, mais ça n'a pas d'importance. Le drame, c'est qu'Éléphanteau se trouvait dans cette valise ! Je n'ai pas pu dormir pendant trois jours, le temps que la compagnie aérienne la retrouve et nous la livre à la maison. Ne me dites pas que vous n'avez pas un compagnon dans ce genre-là, je ne vous croirai pas ! Mais, cette fois-ci, pas question de le mettre dans ma valise. Attrapant Éléphanteau d'une main, je le range dans mon sac à dos où il s'en va rejoindre *Le Journal d'Anne Frank*.

23 H

À l'intérieur du Airbus A330 de KLM, la compagnie aérienne des Pays-Bas, tout le monde dort, sauf moi, du moins apparemment. Je me demande ce que le voyage me réserve, cette fois. Nous avons d'abord volé entre Québec et Montréal, puis nous avons changé d'avion pour nous rendre à destination d'Amsterdam. Après le décollage, vers 20 h, le pilote a annoncé que notre vol durerait sept heures. Nous atterrirons donc vendredi matin à 9 h, puisqu'il y a six heures de décalage horaire entre le Québec et les Pays-Bas (j'ai l'air d'être super renseignée, mais je l'ai appris juste avant de partir…).

Maman me laisse généralement m'asseoir du côté du hublot, bien que ça ne soit pas très prudent, car si jamais le mal des transports me prenait, je devrais passer devant deux autres sièges avant d'atteindre le couloir qui mène aux toilettes... Depuis que je voyage, je me suis ridiculisée dans à peu près tous les moyens de transport, sous-marin et vaisseau spatial mis à part ! J'ai vomi en avion, en bateau, en voiture, en train, en autobus et même dans le métro, et en descendant d'un manège... Super, non ? Cette fois, ça se passe plutôt bien, du moins pour le moment. Croisons les doigts ! Les écouteurs de mon iPod dans les oreilles, j'écoute chanter Marie-Mai. Soudain, le son s'évanouit. Aaah, non ! J'ai oublié de recharger mon iPod avant d'embarquer ! Je fais quoi maintenant ? J'ai déjà vu tous les films proposés qui auraient pu m'intéresser. Un coup d'œil à la ronde me permet de constater qu'il n'y a absolument rien à faire à bord de cet avion, à part peut-être lire... Je me demande ce que font Gina et Gino en ce moment... Faisant contre mauvaise fortune bon cœur, je sors de mon sac à dos l'unique livre que j'y ai glissé, c'est-à-dire *Le Journal d'Anne Frank*.

Pour ceux et celles qui ne l'ont pas eu en lecture obligatoire à l'école, sachez qu'il s'agit du journal intime d'une jeune fille juive allemande exilée aux

Pays-Bas avec sa famille pendant la Seconde Guerre mondiale. Pour ne pas être envoyés en camp de concentration, ses parents, sa sœur et elle doivent se cacher, avec quatre autres amis, dans l'annexe d'une maison à Amsterdam. Le journal commence le dimanche 14 juin 1942 et se termine le mardi 1er août 1944, quelques jours avant que tout le monde ne soit finalement arrêté. Je sais, l'histoire semble assez moche et la fin est plutôt prévisible… Mais le ton du livre me surprend. Finalement, Anne est à la fois drôle et intelligente. Sa façon de penser et de décrire ce qu'elle ressent n'est pas différente de la mienne ou de celle de mes copines. Je pensais que j'allais haïr ce livre mais, finalement, il ne me déplaît pas du tout. Là où la famille se cache, il y a un autre jeune de l'âge d'Anne, Peter, dont elle tombe un peu amoureuse. (Normal puisqu'elle le voit tous les jours. Un peu comme moi avec… enfin, je ne vous dirai pas de qui il s'agit aujourd'hui. Chuuut !)

Le dimanche 27 février 1944, Anne écrit :

Au fond, du matin au soir, je ne fais rien d'autre que penser à Peter. Je m'endors en évoquant son image, je rêve de lui pendant la nuit, et je me réveille encore sous son regard.

Je me demande à quoi pouvait bien ressembler ce Peter… C'est la dernière pensée qui me vient à l'esprit avant que le livre ne me tombe des mains et que je ne me laisse à mon tour emporter par le sommeil.

Vendredi 30 octobre

9 H 30

L'aéroport Schiphol, en banlieue d'Amsterdam, est immense ! Maman dit qu'il est au quatrième rang des aéroports européens en ce qui concerne le nombre de passagers qui y transitent chaque année, tout de suite après Londres, Paris et Francfort, en Allemagne. Wow ! Il y a tant de gens que c'est étourdissant et je ne comprends rien de ce qui se dit, à part quelques mots d'anglais.

— Ils parlent quelle langue les gens, ici ?

— Le néerlandais, pitchounette.

— Oh ! Et tu le parles, toi ?

Ma mère s'esclaffe.

— Pas du tout ! Mais la plupart des gens ont des notions d'anglais et beaucoup parlent français. Ça ne sera pas un problème, tu verras.

— Vraiment ?

— Absolument. Attends, je vais demander à cette dame où se trouve le carrousel à bagages. *Goedendag, mevrouw*[1]. *Could you please tell me where I can recuperate my luggage ?* demande ma mère en s'adressant à une jeune femme blonde et élancée qui passe près de nous.

— *Sorry, I don't speak english,* répond celle-ci d'un air contrit. *Spreekt U Nederlands*[2] *?*

— *Euh ! Sorry, I don't understand,* bredouille ma mère, qui n'a visiblement pas compris la dernière phrase.

Surprenant ! Quinze minutes seulement après notre arrivée, nous voilà déjà dans l'embarras !

10 H

Heureusement, quelqu'un d'autre finit par nous renseigner en anglais. Nos bagages récupérés, nous nous présentons au comptoir d'information. Le personnel y est multilingue, ce qui est drôlement pratique. La préposée aux renseignements qui nous reçoit est à peine plus âgée que moi, me semble-t-il. Ça doit être le fun[L] comme travail ! Elle nous remet un plan gratuit d'Amsterdam et

1. Bonjour, mademoiselle.
2. Parlez-vous néerlandais ?

nous conseille de faire tout de suite l'achat des cartes à puce qui nous serviront pour utiliser les transports en commun. Maman s'exécute sans hésitation. Puis, nous sortons faire la file pour prendre un taxi.

Réfrénant un bâillement, je demande :

— Au fait, m'man, on s'installe où ?

— Oh ! je ne te l'ai pas dit ? J'ai loué une péniche pour la durée de notre séjour.

— Hein ?

11 H

— Les Amstellodamois[1] vivent à l'étroit, car ils sont très nombreux et la ville est plutôt petite. Comme les logements sont rares, beaucoup de familles habitent dans des péniches amarrées sur les canaux, m'explique maman.

— Une péniche, c'est une sorte de maison ?

— Pas exactement, non. Une péniche est plutôt un type de bateau qui servait autrefois au transport des marchandises sur les canaux. Beaucoup de ces embarcations traditionnelles restent aujourd'hui en place, du moins la plupart du temps, et servent de maison aux habitants d'Amsterdam.

1. Nom donné aux habitants d'Amsterdam.

— Génial ! On va dormir dans un de ces bateaux, alors ?

— Oui, chatounette.

— Et un canal, c'est quoi exactement ?

— La ville d'Amsterdam a été construite à l'embouchure du fleuve Amstel, sur des terrains plus ou moins envahis par l'eau. Elle n'existe que grâce à l'ingéniosité et à la ténacité de ses premiers habitants qui ont conçu des digues et des canaux de drainage pour permettre à l'eau de circuler là où ils souhaitaient qu'elle circule. Un canal est donc une voie d'eau. Amsterdam est constituée de 90 îles reliées les unes aux autres par plus de 400 ponts surplombant des canaux. Les maisons que tu vois là ont été construites sur pilotis.

— Sur quoi ?

— Les pilotis sont des piliers plantés dans le sol marécageux pour servir de base aux maisons. Il n'y a pas de sous-sols à Amsterdam...

— Oh ! Vraiment ?

— Absolument !

Ils sont fous, ces Amstellodamois ! Découvrant la ville en regardant par les vitres du taxi, je m'étonne en admirant l'architecture qui ne ressemble à rien de ce que j'ai vu jusqu'à présent. Les rues sont pavées en pierre, un peu comme dans le Vieux-Québec et le Vieux-Montréal, et la plupart des immeubles, qui comportent quatre ou cinq étages, sont effectivement très étroits. En fait, les maisons ont l'air de se serrer les unes contre les autres, comme pour se réchauffer... Cela dit, elles sont très jolies. La plupart sont en pierre ou en brique, et dotées de corniches et de pignons[1] vraiment mignons. Certaines ont aussi des balcons ouvragés et des volets. On dirait presque des maisons de poupée! Je ne tarde pas à remarquer tous les vélos qui circulent sur des voies réservées au moins aussi larges que l'espace utilisé par les voitures. Bizarre...

Le chauffeur du taxi nous dépose au bord d'un canal et nous donne un coup de main pour sortir nos bagages de la voiture. Après avoir réglé la course en euros, maman me demande fièrement:

— Alors, Juliettounette, que penses-tu de notre nouvelle maison?

---

1. Détail architectural, généralement de forme triangulaire, coiffant le haut de la façade de certaines maisons. À Amsterdam, les pignons des maisons prennent des formes très diversifiées. Ils sont à redents, en cou ou en cloche. Ils sont aussi très ouvragés et ornés de détails décoratifs caractéristiques des Pays-Bas.

11 H 30

Notre « nouvelle maison », comme l'appelle ma mère, est une longue embarcation dont la coque en bois est peinte en gris charbon bordé de bleu turquoise. Une table en bois, quatre chaises droites, deux chaises longues et une multitude de plantes vertes meublent l'avant du pont, alors qu'une « maisonnette » blanche aux volets bleus occupe le reste de la surface. Une porte, bleue comme les volets, ne tarde pas à s'ouvrir pour céder le passage à une jeune femme blonde qui nous invite aimablement à entrer.

— *Welkom in Nederland,* nous dit-elle en néerlandais, c'est-à-dire "Bienvenue aux Pays-Bas".

Fort heureusement, elle parle aussi anglais et « un petit peu de français », précise-t-elle d'une voix douce teintée d'un fort accent. Une petite passerelle nous permet d'accéder au pont depuis la rue. Trop cool ! ☺

12 H

Wow ! L'intérieur de la péniche est vraiment *chill*[L] ! Pas très grand, mais super mignon et « très fonctionnel », comme dit ma mère. J'adore ! Les murs sont peints en blanc et des touches de couleurs vives sont parsemées un peu partout. L'entrée donne sur un salon meublé d'un large sofa en velours gris couvert de coussins multicolores et de deux fauteuils en rotin. La cuisinette est toute équipée et on y trouve une petite table en bois clair et deux chaises. Maman et moi avons chacune une petite chambre. La mienne est la plus mignonne. (C'est moi qui l'ai choisie.) Le couvre-lit est couleur fuchsia, le mobilier est en rotin naturel et il y a un grand miroir sur pied. Je la trouve trop géniale, cette chambre !

12 H 30

Après nous avoir expliqué le fonctionnement de la « maison », ainsi que celui de tous les appareils électroménagers, la jeune femme nous quitte en nous remettant un trousseau de clés ainsi qu'un plan du quartier sur lequel elle a entouré les principaux lieux de ravitaillement des alentours.

Je sors Éléphanteau de sa cachette et je l'installe sur l'oreiller de mon lit. Après avoir ouvert et refermé toutes les portes, armoires et garde-robes comprises, afin de voir tout ce qu'il y avait à voir, je m'aperçois que mon estomac gargouille. Nous n'avons rien avalé depuis des heures, me semble-t-il. Depuis qu'on nous a servi un frugal petit déjeuner à bord de l'avion, en fait. Je décide de défaire mes bagages plus tard, mais quand je demande à maman ce qu'on fait maintenant, je crains un instant de devoir revoir mes plans en entendant sa réponse...

— Je suis fourbue. Que dirais-tu d'une petite sieste ?

— Tu veux rire ? Il n'en est pas question ! Nous venons d'arriver, et puis j'ai faim, moi, et il n'y a rien à manger ici. Je mangerais bien des bons spaghettis ! Pas toi ?

— Je blaguais, bien sûr. Tu as raison, cette péniche est un vrai paradis, mais moi aussi, j'ai un petit creux. Allons faire un tour de repérage dans le quartier.

Fiou ! Je l'ai échappé belle ! Pas question que je fasse la sieste comme à la garderie. J'ai des fourmis dans les jambes. Je veux sortir, je veux TOUT voir !

13 H

Notre petit paradis flottant est situé dans le quartier Jordaan, en plein centre d'Amsterdam, sur le Bloemgracht, c'est-à-dire sur le « canal des fleurs ». (Maman dit que *gracht* veut dire « canal », en néerlandais, et *bloem*, « fleur ».) Plantée d'arbres et pavée en pierre, la rue bordant le canal est décidément très jolie. Prenant à droite en sortant de la maison, nous finissons par déboucher sur un autre canal, plus large, appelé Prinsengracht, le « canal des princes ».

— La plupart des rues de la ville se divisent en plusieurs voies, me fait remarquer ma mère : une voie d'eau, pour les bateaux, une voie pour les voitures, une voie équivalente pour les vélos et une autre pour les piétons, le long des habitations.

Hum ! Bizarre comme partage de la route, non ?

La température est plus douce ici qu'au Québec, du moins aujourd'hui. Les arbres n'ont pas encore perdu toutes leurs feuilles et les jardinières ont encore des fleurs. Le soleil brille de tous ses feux. Il fait autour de 15 °C minimum, décrète ma mère. Moi, je veux bien. On a de la chance, semble-t-il, parce que j'ai entendu dire quelque part qu'il pleut beaucoup à Amsterdam et que la ville peut être glaciale.

En tout cas, je n'ai jamais vu autant de bicyclettes de toute ma vie ! C'est le meilleur moyen de circuler ici, paraît-il, parce qu'il n'y a effectivement pas beaucoup de place pour les voitures. Le terrain est plat, alors ça doit être hyper facile de pédaler. Je ne tarde pas à constater que les vélos des Néerlandais sont différents de ceux que nous avons l'habitude de voir chez nous. Ici, la solidité et le côté pratique prennent le pas sur la vitesse. Le vélo amstellodamois typique est doté d'un guidon droit, d'une selle confortable et de deux solides paniers.

— Ces paniers servent à toutes sortes d'usages, m'explique maman, c'est-à-dire qu'ils peuvent transporter des objets aussi bien que des sacs d'épicerie ou des enfants.

— *Chill !*

13 H 30

Rue Prinsengracht, ma mère ne tarde pas à tomber en pâmoison devant une église, à moins que ce ne soit une cathédrale. Enfin, ça lui arrive chaque fois que nous visitons une nouvelle ville. Son apparente affection pour tous ces lieux de culte me laisse perplexe. Elle ne s'est jamais mariée et ne m'a même pas fait baptiser quand je suis née ! Rien à comprendre là-dedans...

— C'est dans cette église que se trouve le corps de Rembrandt, m'apprend-elle.

— C'est qui déjà, Rembrandt ? Un membre de notre famille ? dis-je.

Elle éclate de rire.

— Non, chatounette, Rembrandt van Rijn est un peintre hollandais très célèbre qui a vécu au

XVIIe siècle. Il est décédé en 1669 et son corps a été inhumé ici, à l'intérieur de l'église Westerkerk.

— Hum… Glauque, non ? 😜

Mon estomac gargouille de nouveau.

— On mange où, alors ? Moi, j'ai toujours aussi faim, dis-je.

— Tout près d'ici. Viens ! Il faut marcher encore un peu. La dame à qui nous avons loué la péniche m'a recommandé un petit restaurant apparemment très sympathique. C'est plus haut dans la rue, entre la maison d'Anne Frank et le marché Noordermarkt.

J'écarquille les yeux de surprise.

— Tu veux dire que la maison où Anne Frank a vécu enfermée avec sa famille est près d'ici ?

— C'est bien ça. Regarde, c'est juste là !

Elle me montre du doigt un bâtiment situé plus loin, de l'autre côté de la rue, devant la porte duquel des gens font la queue.

— Oh ! Ces gens attendent pour visiter la maison ?

— Oui.

— C'est une sorte de musée, c'est ça ?

— Absolument ! On viendra la visiter si tu veux.

— Peut-être…

Ce n'est pas que je m'intéresse aux musées, mais monsieur Cayer sera drôlement impressionné si je visite la maison dans laquelle se passe le récit du livre qu'il nous oblige à lire pour le cours d'histoire !

14 H

Cinq cents mètres plus loin, ma mère finit par s'arrêter sous une enseigne annonçant le restaurant De Bolhoed. La façade en brique rouge est ornée d'une grande vitrine encadrée de deux vigoureux plants de vigne. Très chic ! Mais lorsque je colle mon nez à la vitre pour jeter un coup d'œil, je constate que l'intérieur est plutôt bohème et fait un peu penser à chez nous, au Québec : des chaises multicolores entourent les tables, et les coussins, comme les luminaires, sont tous dépareillés. Enfin, il y a des reproductions de paysages de l'Inde sur les murs. Tout à fait le genre de ma mère !

— Il s'agit d'un restaurant végétarien. Ça ne te dérange pas, hein, ma poulette !

— Quoi ? Ça veut dire qu'il n'y aura sans doute pas de spaghettis à la sauce bolognaise au menu, non ? 😛

— Tu as raison, en effet, mais il y aura sûrement de la soupe aux légumes, des sandwichs au végépâté, des salades de quinoa et de légumineuses ainsi que toutes sortes d'autres bonnes choses.

(Du végépâté! De la salade de quinoa! Ayoye, c'est BEN TROP appétissant! Ciboulette! Comment faire pour la dissuader d'entrer dans cet endroit qui s'avère finalement n'être rien d'autre qu'un lieu de torture pour ados?) Grrr...

— Maman-aan. Tu crois qu'il y a un McDo dans les environs?

— Je ne crois pas, non. Et puis, c'est très mauvais pour toi, le McDo...

— Alors, pourquoi on ne chercherait pas une petite épicerie sympathique où nous pourrions faire des courses avant de rentrer manger tranquillement à la maison?

— Parce que j'ai prévu aller au marché après le repas, et parce que je n'en peux plus tellement j'ai faim en attendant. Et puis, tu sais quoi?

— Non...

(Je sens la moutarde me monter au nez. Pourquoi ma mère ne pourrait pas penser à moi, pour une fois, et privilégier un choix susceptible de me plaire au moins autant qu'à elle!)

— Il paraît que l'on trouve ici les meilleurs et les plus gros desserts de toute la ville.

— C'est une blague?

— Pas du tout, choupinette.

— Pourquoi ne pas l'avoir dit avant, voyons, m'man ! Allez, viens. On y va. Je meurs d'envie de voir ça !

Après tout, je n'ai qu'à commander deux ou trois desserts et le tour est joué !

14 H 15

Le garçon qui nous dirige vers notre table n'est pas beaucoup plus vieux que moi (enfin, avouez que l'âge, c'est très relatif) et il est RÉELLEMENT mignon. Il porte un béret aux couleurs de la Jamaïque et des tresses rastas. J'avoue que les dreadlocks doivent s'avérer tout un défi au moment du shampoing bihebdomadaire, mais il a l'air très cool. À mon grand désarroi, il me fait un clin d'œil lorsque nous prenons place à une table près de la fenêtre. Rougissante, je baisse la tête. Règle générale, je préfère observer sans être vue, moi… Empoignant le menu posé sur la table, ma mère fait des commentaires tout en lisant.

— T'as vu ça, pitchounette, il y a de l'houmous !

— Maman, peux-tu essayer de ne pas m'appeler pitchounette ou un autre truc en "ette" en public, s'il te plaît ?

— Pourquoi donc, ma chérie ?

— Ben, parce que c'est gênant, quand même.

—Voyons donc, choupinette! Il n'y a rien de gênant là-dedans.

(C'est fou comme je me sens écoutée dans cette famille. Désespérant!)

—Le menu est très varié.

—Hum! Tu crois? Moi, je ne sais pas, c'est toi qui tiens la carte. Il y a d'autres choses que de l'houmous? Des spaghettis peut-être?

(On peut toujours rêver...)

—Euh! De la soupe à la citrouille, ça te dit?

—Pas vraiment, non. Autre chose? Comme les fabuleux desserts dont tu m'as parlé...

—À moins que tu ne préfères une salade grecque accompagnée de polenta?

—Grrr...

—Ah! Il y a des pâtes au pesto!

—Hum! D'accord. Et les desserts que tu m'as promis, m'man?

—Tu voudrais un croissant feuilleté aux épinards et au fromage féta pour commencer?

—M'man!

—Bon. J'ai compris. Je vois là qu'il y a du gâteau aux carottes, de la croustade aux pommes arrosée de crème glacée et de caramel, un gâteau au fromage à la *dulce de leche* et des carrés aux dattes. Quelque chose te tente?

—Je peux en choisir deux?

— Tu penses pouvoir arriver à avaler deux desserts après tes pâtes au pesto ?

— Sûr !

— Vraiment ?

— Certainement ! Je veux de la croustade aux pommes et le gâteau au fromage à la *dulce de leche*.

Ma mère laisse échapper un soupir résigné.

— D'accord. Après tout, tu es en vacances…

— Absolument ! ☺

Des fois, elle peut être vraiment cool, ma mère.

En sortant de table, je roule presque vers la porte du restaurant. En matière de desserts, le De Bolhoed tient incontestablement ses promesses. C'est rudement bon et je vous le recommande chaudement ! Et puis, les portions sont tellement gigantesques qu'il a fallu que maman termine pour moi… (Incroyable, non ?)

15 H 30

De retour sur le trottoir, nous poursuivons notre route en direction du marché. Au bout de Prinsengracht, le Noordermarkt propose des produits frais en provenance des quatre coins du pays : des fruits, des légumes, des fromages, du pain et des pâtisseries, du poisson… Je n'aime pas trop le poisson, mais maman achète des poitrines de poulet fraîches, du jambon et plein d'autres bonnes choses. Sur le chemin du retour, nous faisons un petit détour par Westerstraat. Cette rue (*straat* veut dire « rue ») abonde en commerces alimentaires de toutes sortes. Nous achetons encore des croissants, du chocolat, du lait. Ouf ! Ça va être lourd à rapporter toutes ces provisions ! Et puis, on s'est pas mal éloignées de Bloemgracht, finalement...

17 H

Les bras chargés, nous rentrons à la maison à la nuit tombée, fatiguées et les pieds en compote. J'aime l'idée que cette péniche soit notre chez-nous, surtout si ce n'est de toute façon que pour une semaine ! En donnant un coup de main pour ranger les achats, je réalise soudain que je n'ai pas encore donné de nouvelles à mes amis. Je me demande s'il y a une connexion Wi-Fi, ici ! Il me semble avoir entendu maman l'affirmer. Après avoir branché mon iPod touch, dont la batterie est déchargée, au bout d'un adaptateur (le courant électrique n'est pas le même ici qu'à la maison et il faut un bidule pour « adapter » ce courant avant de pouvoir y connecter nos appareils électriques ou électroniques), je tente d'ouvrir la fenêtre de mon navigateur. Hourra ! Ça a l'air de marcher ! Oups... On me demande un mot de passe pour entrer sur le réseau.

— Dis, m'man, tu connais le mot de passe pour entrer sur le réseau Wi-Fi ?

— Oui, laisse-moi regarder l'aide-mémoire placé pour nous sur la porte du frigo. Là, ça y est ! Le mot de passe est "BloeM6001". Il faut mettre le "B" et le "M" en majuscules.

— Facile !

17 H 15

Je m'empresse d'entrer le mot de passe. Après une attente in-ter-mi-na-ble, je vois enfin apparaître l'icône confirmant que je suis branchée sur le Web. Hourra ! Je vais direct sur Messenger voir si Gino ou Gina sont là. Personne... 😕

— Dis, maman-an !

— Oui, poussinette.

— Il est quelle heure à Québec, là ?

— Exactement 11 h 15 du matin.

17 H 30

Misère ! Tu parles d'une heure pour tenter de joindre mes amis ! À cette heure-là, ils sont en classe, évidemment. Je réessayerai demain matin, d'abord... à moins que je ne tente ma chance cette nuit...

— On fait quoi ce soir, m'man ?

— Je suis épuisée, Juliettounette. Je pensais écrire mes premières impressions sur mon ordi, pour un article sur Amsterdam que j'ai promis, puis aller tout simplement au lit de bonne heure. On vient de passer une nuit blanche et je tombe de sommeil. Et puis, on a une grosse journée demain, tu sais.

— Comment ça ?

— Oh ! Je ne t'ai pas dit ?

— Non-on.

Elle a l'air surprise. Elle devrait pourtant savoir qu'il n'est pas dans ses habitudes de me tenir au courant des plans qu'elle fait pour nous deux... J'espère qu'elle ne va pas m'obliger à faire une tournée de tous les musées de la ville ou, pire, des églises poussiéreuses...

— Nous avons rendez-vous avec monsieur Joris Ennenga, le fils de l'homme qui écrivait à ton grand-père. C'est pour le rencontrer que nous sommes ici.

— Ce n'est pas pour te permettre d'écrire un article sur Amsterdam ?

— C'est effectivement pour ça que mon rédacteur en chef m'envoie ici, mais je veux surtout faire la connaissance de la famille qui a si bien connu mon père lorsqu'il était à peine plus âgé que toi, poussinette.

— Sérieux ?

— C'est important pour moi d'essayer d'en savoir plus sur celui qui m'a mise au monde, tu comprends ?

— Euh ! Un peu oui.

(Et mon tour, à moi, il viendra quand ?)

— Notre rendez-vous est à quelle heure ?

— À 14 h.

— On pourra flâner sur les canaux avant ?

— Bien sûr, ma pucette. Tout ce que tu voudras ! Tu es si gentille d'avoir accepté de m'accompagner.

— Cool !

(Qu'est-ce que j'entends là ? Avais-je vraiment le CHOIX d'accepter ou pas ? Elle est bien bonne, celle-là !) Je me demande s'il y a des grands magasins, par ici... Si c'est le cas, ma mère me doit au moins une nouvelle tenue pour se faire pardonner d'omettre continuellement de me consulter.

— Et demain matin, tu as prévu quoi ?

— Une balade à vélo, ça te dit ?
— Au bord des canaux ?
— Bien sûr !
— *Yeah !*

Samedi 31 octobre

9 H 30

J'ai fabuleusement bien dormi ! J'ai tenté de garder les yeux ouverts jusqu'à 22 h, pour essayer de contacter Gino ou Gina à 16 h, heure du Québec, mais je n'ai pas pu tenir jusque-là. Tant pis, je me reprendrai ce soir !

J'avais un peu peur d'avoir le mal de mer à bord de la péniche, mais comme il n'y a pas un brin de vent, celle-ci n'a, semble-t-il, pas bougé d'un poil de toute la nuit. Il n'aurait pas fallu... Après un délicieux petit déjeuner composé de croissants, de quartiers d'orange et de plusieurs tasses de chocolat chaud, je me sens d'attaque pour parcourir la ville d'un bout à l'autre. Maman a enfilé un chandail de laine et me recommande d'en faire autant. Je choisis plutôt de passer ma veste en jeans sur un coton ouaté à capuchon American Eagle avec un t-shirt en dessous. À cette heure, c'est un peu frisquet, mais le soleil brille et maman affirme que la température montera autour de 17 °C aujourd'hui. J'enlèverai des couches au fur et à mesure.

9 H 45

D'un pied alerte, nous sautons de la passerelle de notre péniche au trottoir de Bloemgracht. Presque en face de chez nous, il y a une boutique qui loue des vélos. Ça s'appelle Bike City. Je me demande comment maman va s'y prendre pour se faire comprendre de l'employé... Surprise, le garçon qui s'occupe de la location parle anglais. *OMG*[L] *!* C'est l'Halloween aujourd'hui ! J'avais oublié ça ! (Grrr... Je vais encore rater le party[L] costumé qui a lieu chaque année chez Gina !) Le gars doit avoir autour de vingt ans et il est plutôt beau garçon. Il est accoutré comme une sorte de pirate avec un bandeau sur l'œil, un foulard rouge sur la tête et une fausse moustache dessinée au crayon. Il a les avant-bras couverts de *tatoos* colorés et un anneau à chaque oreille. Je nc sais pas si ça me plaît, mais une chose est certaine, il est souriant et a de très belles dents.

— *Where do you come from ?* demande-t-il à ma mère en me tendant un vélo trois vitesses tout rose avec un siège à l'allure super confortable et un drôle de guidon placé bien haut.

Je me demande un peu pourquoi le garçon ne s'est pas adressé directement à moi. Je suis invisible ou quoi ? (À moins que je n'aie des miettes de croissant autour de la bouche...)

— *We are from Canada.*

— *Oh ! Really ? Nice to meet you !* rétorque le jeune homme avec un enthousiasme qui me surprend. *My name is Frans.*

— *Nice to meet you too, Frans,* répond poliment maman, pendant que le jeune homme lui secoue vigoureusement la main.

Lorsque la transaction de location est terminée et que Frans est retourné à l'intérieur du hangar à vélos, je me penche vers ma mère et chuchote :

— Il me semble qu'il a eu une drôle de réaction quand tu lui as dit que nous étions canadiennes.

— Ça se peut. J'ai lu quelque part que les Néerlandais font preuve d'une hospitalité toute particulière envers les Canadiens parce que ce sont des soldats de notre pays qui ont libéré les Pays-Bas pendant la Seconde Guerre mondiale.

— Oh ! Ils ont la mémoire longue !

— Oui, choupinette. Allez viens, on s'en va par là, m'annonce-t-elle en montrant du doigt Prinsengracht, sur lequel débouche Bloemgracht quand on part vers la droite. On va voir le Dam, c'est- à-dire la Grande Place qui constitue le cœur de la capitale.

J'ai jeté un coup d'œil au plan de la ville ce matin, pendant que maman préparait le petit déjeuner. Amsterdam se présente comme une gigantesque toile d'araignée, littéralement. (Je sais, c'est dégoûtant comme comparaison ! Mais c'est la première qui me soit venue à l'esprit.) Maman dit que les plus vieilles villes d'Europe sont toutes

conçues comme ça. La grande place du Dam est au cœur de la toile. Plusieurs rues importantes partent du Dam et vont vers l'extérieur, un peu comme les rayons de la roue d'un vélo. Les rues principales sont reliées entre elles par un enchevêtrement d'autres rues et les canaux encerclent le tout. J'espère que ma mère sait où elle va !

Une fois sur Prinsengracht, nous tournons à droite jusqu'à rejoindre une grande rue nommée Raadhuisstraat. C'est toute une sensation de pédaler ici. J'en ai des frissons tellement c'est génial ! Il y a des bicyclettes partout et j'ai presque l'impression d'être une Amstellodamoise, moi aussi. Même les hommes qui portent habit et cravate pour se rendre au travail pédalent tranquillement en transportant leurs enfants ou leur porte-documents dans leurs paniers. Qu'est-ce que j'aimerais que Gino et Gina voient ça !

10 H

— *Kijk uit*[1] *!*

— Hein ? Quoi ?

Une jeune fille déguisée en bergère et montée sur le plus beau vélo jaune à fleurs roses qu'il m'ait

1. Attention !

été donné de voir dans ma vie vient de me crier dessus en me dépassant sur la droite. Elle a l'air furieuse. Je me demande bien pourquoi !

— Tu as failli te faire rentrer dedans et te casser la margoulette [L], ma pitchounette !

— Comment ça ?

— Je crois que tu lui as coupé le chemin sans t'en rendre compte.

— Ben voyons donc ! J'pense pas là. J'ai rien fait moi !

— Je t'ai vue dévier légèrement de ta voie vers la gauche. Il faut faire très attention ici, Juliettounette. Pour les Néerlandais, la bicyclette est un vrai moyen de transport, au même titre qu'une voiture, et ils sont extrêmement stricts en ce qui concerne le respect des règles de circulation. Il faut donc avertir quand tu veux changer de voie et t'assurer que celle-ci est libre avant de manœuvrer.

— C'est donc ben pas cool !

— C'est comme cela. Sois prudente, d'accord ?

— Ouais, ouais, on se calme…

(Grrr… Je DÉTESTE être prise en défaut !)

10 H 15

La Raadhuisstraat débouche sur le Dam.

— Cette place est le véritable cœur historique de la cité puisque c'est ici que les habitants érigèrent la première digue sur l'Amstel. Cette digue donna ensuite naissance à la ville d'Amsterdam, m'explique maman en stoppant son vélo.

— Oh ! Pis là, on fait quoi ?

— Allons garer nos bicyclettes là-bas.

Oh, oh ! Mon petit doigt me dit que ma mère, la très chère, a prévu une visite de musée. Sinon, pourquoi diable voudrait-elle déjà descendre de vélo ? Je me le demande. Misère, je déteste les musées !

— Aujourd'hui, le Dam est le cœur commercial et touristique de la ville.

— Ah bon.

Au centre de la place, il y a une immense colonne de pierre.

— C'est le Nationaal Monument. Cette colonne de 22 mètres de haut est dédiée aux morts. Tu te rends compte ?

— Mouais. (En tout cas ça *fit*[L] avec l'Halloween, jour des morts...)

Je suis d'accord, ça semble un peu lugubre... mais ça ne l'est pas. Il y a des gens partout et, dans l'ensemble, la place est plutôt animée et gaie. Des bâtiments très anciens sont bâtis tout autour et un immense stationnement pour les vélos se trouve tout au fond. Je flânerais bien un peu dans le coin, moi.

10 H 30

Nos bicyclettes attachées, maman n'a pas l'air pressée d'entrer où que ce soit. Je soupire de soulagement. Sur la place, on voit des amuseurs publics et des marchands ambulants. Il y a même un orgue de Barbarie (un orgue miniature actionné par une manivelle) et un petit théâtre de marionnettes sur roues. Juste à côté, je suis attirée par l'odeur d'un kiosque de frites. Celles-ci sont servies dans un cornet formé dans du papier journal. Original comme présentation ! Dommage qu'il soit un peu trop tôt pour y goûter. J'ai encore la bedaine pleine de croissants et de chocolat ! Habillé et maquillé en clown, un jeune homme fait des cabrioles sur un unicycle. Je me demande comment il fait pour tenir en équilibre !

— Fais attention où tu mets les pieds, poussinette !

À deux pas de moi, accroupie sur le sol, une jeune fille est occupée à reproduire à la craie un paysage magnifique dans lequel le bleu et le jaune dominent. À côté d'elle, il y a le modèle, une photographie manifestement tirée d'un magazine.

— C'est la *Nuit étoilée* de Vincent van Gogh, m'informe ma mère, admirative. L'original appartient au MoMa, tu sais, le Musée d'art moderne de New York. N'est-ce pas magnifique ?

— C'est trop beau, vraiment ! (Je le pense ! Mais je ne comprends juste pas pourquoi elle fait ce dessin sur le sol. Les gens vont marcher dessus et l'effacer.) Mais, dis-moi, si elle ne peut même pas l'emporter chez elle ou le vendre après, ça sert à quoi de faire ça ici ? C'est un peu idiot, non ?

— Au contraire, c'est ce qui fait la beauté de la chose, ma chouette ! Cette jeune fille a beaucoup de talent. Elle attend quelques euros des personnes qui apprécient son art. J'aimerais bien voir ce qu'elle dessine quand elle ne s'adresse pas aux touristes. Tu veux déposer quelque chose dans le bol à côté d'elle ?

— Oh, oui !

Maman me tend trois euros que je place dans le petit bol décoré de motifs asiatiques où d'autres personnes ont déjà mis des pièces et quelques billets. Je regarde le dessin encore un moment, puis réprime à grand-peine un… bâillement.

— On fait quoi maintenant, m'man ?

(Ben quoi ? C'est magnifique, mais on ne va tout de même pas y passer la journée, non !)

— Tu vois ce bâtiment en pierre devant nous là-bas ? demande ma mère en pointant du doigt la façade d'un grand immeuble.

Ça y est, c'est certainement le musée qu'elle veut me forcer à visiter. Je prends mon air le plus maussade et fais la moue. (Pas certaine que ça arrive à la dissuader, cependant… Vous en pensez quoi ?)

— Hum ! oui, je vois. Pourquoi ?

— Il s'agit de De Bijenkorf, le plus grand magasin d'Amsterdam. Un peu l'équivalent du Macy's à New York. Tu veux aller y jeter un coup d'œil ?

— Tu me niaises[L], là ?

Elle rit devant ma bouche ouverte et mes yeux ronds de surprise.

— Pas du tout, pitchounette. Comme nous sommes à vélo, et que ceux-ci comportent de larges paniers à l'avant et à l'arrière, c'est le moment idéal pour se charger de paquets, non ?

— Mets-en !

Décidément, ma mère n'aura jamais fini de m'étonner ! ☺

— Viens, ne perdons pas de temps !

11 H

Ainsi que maman me l'a dit, le grand magasin est immense. L'immeuble, qui date du XIXe siècle, a réellement l'air d'un musée, vu de l'extérieur. Il occupe tout un coin de rue et s'étale sur plusieurs étages. À l'intérieur, il n'y a cependant ni poussière, ni vieilleries. Les griffes les plus connues y sont offertes. Je capote[L] ! Il y a aussi plusieurs marques néerlandaises que je ne connais pas. Un étage entier est destiné aux jeunes alors qu'un autre ne se consacre qu'aux chaussures. Maman et moi nous croyons au paradis.

— Dis, m'man-an ?

— Oui-i.

— À combien se monte notre budget pour notre magasinage[L] d'aujourd'hui ?

— Que veux-tu dire, ma pucette ?

— Ben, je peux choisir des trucs jusqu'à concurrence de combien d'euros ?

Elle fronce les sourcils et prend un air sérieux.

— Hum ! Pas énorme, il faut quand même être raisonnable, Juliette.

— Deux cents euros ?

— Ciel ! Jamais de la vie, Julieeette : 1 euro vaut un peu plus de 1,4 dollar canadien en ce moment, ce qui fait que 200 euros représentent plus de 280 dollars. C'est ÉNOOORME !

— Bon, alors, je dispose de combien ?

— Disons…

Elle fait une pause. Je déteste ce genre de suspense ! Ben quoi ? Je ne vais tout de même pas me présenter à la famille Ennenga, tout à l'heure, vêtue de haillons.

— … 50 euros ?

— C'est tout ?

— Julieeet-te ! Tu dépenseras plus quand tu auras ton propre emploi.

— Bon, bon, c'est d'accord. T'énerve pas !

Qu'est-ce qu'elle peut m'exaspérer quand elle fait sa grippe-sou !

12 H

Les bras chargés de cinq ou six sacs, je sens mon estomac gémir. Maman a fini par se laisser convaincre de dépasser un tout petit peu le budget qu'elle m'avait fixé au départ (100 euros au lieu de 50…), ce qui fait que j'ai pu choisir un jeans noir, un t-shirt multicolore, un chandail mauve en laine angora avec le cardigan assorti et une minijupe en jeans. À l'étage des produits alimentaires, on s'est aussi acheté un énorme sac de bonbons. (Puisque je ne passe pas l'Halloween à Québec, il faut bien que j'aie une compensation !)

— Dis, m'man !

— Oui, poussinette.

— Tu n'as pas faim, toi ?

— Un peu, oui. On rentre ?

Je secoue la tête en signe de dénégation.

— Je pensais plutôt goûter à un de ces cornets de frites vendus au kiosque que nous avons aperçu sur le Dam tout à l'heure.

— Julieeette, il ne faudrait pas abuser, là. On vient de dépenser une petite fortune en vêtements, rien que pour toi.

— Il y a aussi deux paires de chaussures pour toi, non ?

— JULIEEET-TE ! Ne sois pas insolente, veux-tu ! Deux paires de chaussures, cela n'est rien quand on travaille aussi fort que moi.

Houpelaille ! Le rouge vient de lui monter au visage. Il vaut mieux la jouer tout en douceur. Fin stratège, je change radicalement de technique et je prends mon ton le plus enjôleur.

— Mais, mamounette chérie, je pensais juste à un petit cornet de frites de rien du tout. C'est seulement trois euros, il me semble. Je sais que tu aimes ça, les patates frites. J'ai pensé que ça te ferait plaisir. Et puis, comme il est plus de midi déjà, ça t'évitera de devoir nous faire des sandwichs à la maison.

— Oh ! Bon. C'est d'accord, allons-y.

(J'ai gagné. *Yeah !*)

12 H 30

Nous sommes remontées sur nos super bécanes et pédalons à vitesse grand V, nos sacs de magasinage bien en sécurité dans nos super paniers. (Évidemment, je prends grand soin de ne pas changer de voie sans regarder derrière moi au préalable. J'ai compris !)

Une fois de retour sur Bloemgracht, Frans nous accueille avec un aussi large sourire que ce matin.

— *How was it ?* demande-t-il.

— *Everything was wonderful,* répond ma mère.

Le jeune homme me fait un clin d'œil avant de s'adresser à moi.

— *Did you have fun, cutie ?*

(Hein ?) Avant même que le sens de ses paroles n'atteigne mon cerveau, je suis rouge comme une tomate au mois d'août. C'est une maladie ! Je dois avoir l'air d'une vraie débile ! (Trop sous le choc pour penser à une réponse sensée. ☹)

— *Yeah,* dis-je en regardant ailleurs.

Heureusement, nous n'avons pas le temps de nous attarder, puisque nous avons rendez-vous à 14 h dans l'est de la ville, là où se situe le quartier de Plantage. (Quel nom bizarre ! Je me demande bien ce qu'on y plante au juste...) Le temps d'entrer, de déposer nos achats et de ressortir ensuite, nous n'avons plus « AUCUNE marge de manœuvre », comme le dit ma mère...

— Vite, viiite, Julieeette, dépêche-toi ! me presse-t-elle justement, toujours aussi zen.

Parce que pour elle, vivre à bord d'une péniche, sillonner Amsterdam à vélo et manger un cornet de frites en admirant l'œuvre d'une super artiste qui dessine du Van Gogh à la craie sur le sol, c'est loin d'être des vacances...

13 H

Nos bagages déposés, c'est la course vers l'arrêt du tramway le plus proche, sur Raadhuisstraat, près de Prinsengracht. (Essayez donc de prononcer ça sans postillonner pour voir ! Lol !) Ouf, quelle journée ! Passer du vélo au tramway en moins de temps qu'il n'en faut pour dire « Raadhuisstraat », c'est plutôt cool, quand même. Le numéro 14 va de notre quartier jusqu'à celui où nous sommes attendues, en passant par le Dam. « Une bonne trotte », a affirmé maman. Je suis contente de pouvoir souffler un peu sur le siège du tramway. Je me demande de quoi il aura l'air, le fameux monsieur

Ennenga. Pauvre maman. Elle a le don de nous mettre dans le pétrin, des fois. Je rigole en silence en imaginant la tête qu'elle fera si le bonhomme a quatre-vingt-dix-neuf ans, est sourd comme un pot et sénile par-dessus le marché ! Bah ! Si c'est le cas, ça lui apprendra, à ma mère, à ne jamais vouloir rester tranquille à la maison devant la télévision. Tu parles d'une lubie de vouloir faire le tour du monde avant d'avoir cinquante ans ! Peufff ! Moi, quand j'aurai des enfants, j'aurai plutôt une maison en banlieue avec une piscine dans la cour, des balançoires et une glissade, et je passerai mes week-ends, mes jours de congé et mes vacances à tondre le gazon ou à courir les centres d'achat. (Je blague, évidemment !)

Le quartier de Plantage est un secteur résidentiel paisible et chic. À la différence du centre-ville, où les maisons sont tellement étroites qu'elles ressemblent à des maisons de poupée, les résidences de ce quartier sont un peu plus spacieuses et les rues, plantées d'arbres gigantesques, plus aérées. Le quartier entier a l'air d'un parc immense, en fait.

13 H 35

Le tramway nous dépose devant un parc, justement. Quand je lui demande pourquoi le quartier s'appelle Plantage, maman me répond qu'elle ne sait pas.

— Peut-être en raison de toutes ces plantes autour, finit-elle par lancer en haussant les épaules.

Ça alors ! C'est peut-être la première fois qu'elle avoue ne pas savoir quelque chose... J'en conclus qu'elle est hyper stressée. Je me mets à sa place. Rencontrer quelqu'un qui a connu quelqu'un qui a connu son père. Wouhou ! C'est presque comme rencontrer enfin son père en personne, ça !

Le parc en question s'avère être un immense jardin zoologique ! J'aimerais bien y faire un saut plutôt que d'aller frapper à la porte de gens que je ne connais pas, mais ma mère ne l'entend pas de cette oreille. Pour l'heure, elle cherche le numéro 23B de la rue Kerklaan, situé juste un peu plus loin. Elle marche d'un pas pressé et elle semble survoltée. Mieux vaut ne pas l'ennuyer...

— Voilà ! C'est ici, ma chouette. Viens, reste près de moi. Mon Dieu, que je suis nerveuse ! J'attends ce moment depuis tellement longtemps !

Ma mère rencontre toutes sortes de gens, tout le temps, je suis donc surprise de l'entendre avouer qu'elle est nerveuse. La maison est en brique brune.

On lui donnerait au moins cent ans, mais elle est plutôt jolie et semble bien entretenue. Lorsque maman s'avance pour appuyer sur la sonnette d'entrée, je constate que sa main tremble et qu'elle est blanche comme un drap. Du coup, mon cœur se met à battre la chamade. En imagination, j'entends bourdonner dans mes oreilles une musique stressante, genre film d'horreur ! Qu'est-ce qui nous attend derrière cette porte ? (Un fantôme ? Dracula ? Jack l'éventreur ? Dr Jekyll ou Mister Hyde ? Une sorte de Frankenstein ?)

13 H 30

Après cent vingt interminables secondes (minimum), la porte s'ouvre soudain sur... un gars d'environ seize ou dix-sept ans, beau comme un dieu, grand comme un joueur de basket américain, les cheveux bruns courts peignés sagement sur le côté et l'air drôlement sérieux pour un ado. (Non, je ne blague pas !)

— Euh ! *Is Mister Ennenga living here ?*

— *I'm Piet Ennenga. May I help you ?*

(Hein ? Qu'est-ce qu'il vient de dire là, lui ? Il s'appelle comment ? « Pied », « Pierre » ou « Piette » ? Tu parles d'un prénom ! Lol !)

— Oh ! *My name is Marianne Bérubé. May I see mister Joris Ennenga ?*

L'expression un peu sévère semble s'effacer miraculeusement du visage du jeune homme pour faire place à une joie évidente.

— Ah ! Bonjour, madame Bérubé, s'exclame-t-il en français (avec un accent tout à fait craquant). Très heureux de faire votre connaissance. Mon père, ma tante et moi attendions votre arrivée avec beaucoup d'impatience.

Faisant un pas de côté, Piet Ennenga nous invite à franchir le seuil.

— Je vous en prie, entrez. Vous êtes les bienvenues !

13 H 45

On croirait que maman et moi avons été propulsées à une autre époque ! Nous sommes sagement assises sur le grand sofa jaune serin d'un salon qui semble tout droit sorti d'un film des années 1940. L'ambiance est *full*[L]… étrange ! De vieilles photos en noir et blanc encadrées sont accrochées au mur en face de nous. Sans doute des membres de la famille Ennenga décédés depuis une éternité… En face du sofa, trois fauteuils de style vieillot recouverts d'un tissu à fleurs accueillent nos hôtes. Piet est assis dans le fauteuil en face de moi. Le père, Joris, est installé en face de maman, et entre les deux, nous observe attentivement une vieille dame très gentille prénommée Saskia qui, d'après ce que j'ai compris, est la sœur du père de Joris, soit la grand-tante de Piet. (Vous me suivez ?) Tout en nous servant du thé, la dame explique qu'elle a connu mon grand-père lorsqu'elle avait à peine sept ans. Ma mère a les larmes aux yeux, évidemment. Moi, je m'efforce surtout de faire bonne figure en avalant la boisson brûlante à petites gorgées, tout en tremblant à l'idée d'échapper ma tasse en porcelaine bleu et blanc. D'après ce que je vois, il faut soulever la tasse d'une main et la soucoupe de l'autre. Je trouve ça un peu compliqué, mais il n'est pas question de faire honte à ma mère ! Depuis une minute, on n'entend plus que le bruit de succion que font les bouches en aspirant le thé, pendant que tout le monde se regarde et s'examine au-dessus de sa tasse, sans en avoir l'air. Je retiens une grimace avant de me décider à reposer ma tasse sur le guéridon placé à côté de moi. Beurk ! Je crois que je n'aime pas vraiment le thé.

Piet ressemble un peu à Zac Efron, un de mes acteurs préférés, mais avec les vêtements et la coupe de cheveux du personnage de Max dans

La voleuse de livres. (Vous avez vu ce film ?) Il porte un débardeur gris foncé sur une chemise blanche et un pantalon de flanelle grise. Sa chevelure est sagement séparée par une raie sur le côté gauche. Pas de bijou ou de *tatoo,* du moins en apparence. Ça ne m'empêche pas de le trouver rudement beau. Ses yeux sont verts et il me sourit gentiment quand son regard croise le mien. De plus, il a de très jolies mains, je trouve…

Le père de Piet dévore littéralement ma mère des yeux. Il est la copie conforme de son fils, les tempes grises mises à part. À peu de chose près, ils sont aussi habillés exactement pareil, sauf que le père porte une cravate rouge sur sa chemise. Quant à la grand-tante, elle ne manque pas non plus d'élégance. Si on omet sa couleur, son tailleur est tout ce qu'il y a de plus classique. Elle sourit continuellement en posant son regard tour à tour sur ma mère et sur moi. Son visage est plein de rides. On dirait des petits sentiers qui vont de ses yeux à ses joues. Elle est toute menue et je la trouve trop mignonne. Elle doit certainement approcher les cent ans. (Minimum !) Moi, j'aime bien les grand-mères. À condition qu'elles n'enseignent pas au secondaire… ☺ Quoi qu'il en soit, j'ai l'impression que nous sommes tombées sur une famille d'excentriques. En plein le genre de ma mère !

14 H

— Alors, Juliette, vous fréquentez l'école au Canada ? me questionne la vieille dame dans un français impeccable.

— Hein ?

Sa question m'a surprise. Évidemment que je fréquente l'école, je n'ai que treize ans ! Je vais répondre lorsque j'avale malencontreusement ma salive de travers. *OMG !* Voilà que je me mets à tousser comme une victime d'un cancer du poumon en phase terminale. Ça y est, j'ai l'air d'une idiote ! En plus, je dois être aussi rouge que le drapeau du Canada. Nos hôtes font comme si de rien n'était, alors que je risque ni plus ni moins de trépasser sous leurs yeux ! Heureusement, maman vient à ma rescousse en me tendant une bouteille d'eau qu'elle vient miraculeusement de sortir de son sac à main. Ahhh ! Ça va mieux là !

— Juliette a treize ans et en est à sa deuxième année de cours secondaire. Elle est très bonne à l'école et je suis très fière d'elle, répond-elle à ma place.

— Piet a seize ans et il est très fort en maths et en histoire. Nous aussi sommes très fiers de lui, renchérit la vieille dame.

À ma grande surprise, je vois que le jeune homme rougit comme un poinsettia de Noël !

Hé hé hé ! Jamais je n'aurais cru que les garçons pouvaient rougir eux aussi ! Je le dévisage avec stupeur, ce qui a pour effet de le faire virer de rouge à cramoisi. Voilà qui me le rend encore plus sympathique...

— Si vous êtes d'accord, Piet et Juliette pourraient passer la journée ensemble, demain, pendant que ma tante et moi vous montrerons les documents d'archives que nous avons rassemblés pour votre visite. Nous n'avons malheureusement pas suffisamment de temps devant nous pour en faire le tour cet après-midi. Vous pourriez revenir demain matin ? Nous serions ravis de vous inviter à déjeuner.

La proposition est sortie de la bouche du père de Piet, le dénommé Joris. Il regarde ma mère d'un air engageant. On lui donnerait le bon Dieu sans confession. Interloquée, maman le fixe un moment avec des yeux ronds et la bouche ouverte, avant de finalement se tourner vers moi.

— Euh... Tu en penses quoi, toi, pitchounette ?

Ahrrr ! Je ne peux pas croire qu'elle m'a appelée pitchounette devant ces inconnus ! Que vont-ils penser ? Que je suis un bébé arriéré ? (Du coup, la perspective de passer la journée entière de demain à suivre ma mère à la trace comme si j'avais besoin que l'on change ma couche toutes les trois heures me semble insupportable. Par contre, l'idée de mieux connaître Piet ne me déplaît pas du tout. Autant me faire persuasive!) J'avale soigneusement ma salive pour ne pas m'étouffer encore une fois, puis je me lance!

— Oh, oui! Je t'en prie, maman, accepte! Tu meurs d'envie de regarder tranquillement ces documents, alors que j'aimerais tant profiter de mes vacances pour découvrir la ville. C'est l'occasion rêvée! Et puis, je serai en sécurité avec Piet, non?

À la recherche d'un appui, je me tourne en direction de la grand-tante.

— Mon petit-neveu est un jeune homme tout ce qu'il y a de plus poli et prévenant, confirme la vieille dame sur un ton convaincant. Il saura prendre soin de votre fille, n'ayez aucune inquiétude.

Ma mère a toujours l'air indécise, alors je lui fais les yeux d'épagneul suppliants dont j'ai le secret. À ma grande surprise, Joris fait de même. Évidemment, elle finit par se laisser fléchir.

— Puisque tout le monde semble d'accord, je ne vois pas de raison de refuser.

(Hourra!) Oups! Elle sourit au père de Piet. Je reconnais ce sourire. C'est celui qu'elle a peine à retenir quand un homme lui plaît... Hum! Je ne suis pas certaine d'avoir fait une si bonne affaire que ça, finalement.

— Je serai très heureux de vous emmener visiter notre ville, mademoiselle Juliet, assure Piet en s'adressant à moi.

Mademoiselle Juliet ? Il me vouvoie ! Quelle étrange sensation que celle d'être vouvoyée par un garçon à peine plus âgé que moi ! Ils sont trop craquants, ces Européens ! J'avoue que j'haïs pas trop ça...

14 H 45

De retour sur le trottoir, maman me propose une visite du parc entourant le zoo. Comme la température est encore très douce, la perspective de m'enfermer pour la soirée ne me sourit guère et je m'empresse d'accepter. Le parc est envahi par des familles venues profiter de ce samedi ensoleillé. Partout, on voit des vélos, des couvertures colorées posées sur la pelouse, des paniers remplis de victuailles, des gens qui se lancent une balle en riant et des tout-petits qui gambadent. Plusieurs enfants sont déguisés en sorcier, en canard, en lapin ou en petit monstre. Je me fais la réflexion que toutes les familles du monde finissent par se ressembler...

Maman m'apprend que ce jardin zoologique est l'un des plus anciens de toute l'Europe. Il se compose de plusieurs bâtiments et ceux-ci abritent, outre 900 espèces d'animaux exotiques, un aquarium, un insectarium, une volière, des serres, un planétarium et un musée d'histoire naturelle. Ouf !

C'est bien beau tout ça, mais je casserais bien la croûte, moi ! À deux pas du parc, en bordure du quai situé au bout de la rue Kerklaan, d'anciens entrepôts en brique ont été transformés en logements, boutiques, bureaux et restaurants, l'Entrepotdok. Nous poussons notre promenade jusque-là. L'endroit est vraiment cool et l'ambiance super chouette. Il y a surtout des jeunes à l'allure décontractée et bohème.

— Tu veux manger un croissant et boire un chocolat chaud, poussinette ?

— Je préférerais des spaghettis…

— Je te préparerai ton plat préféré lorsque nous serons de retour à la péniche. En attendant, veux-tu grignoter un petit quelque chose ? me propose gentiment ma mère en me montrant la façade d'un petit café dont la terrasse extérieure est située juste au bord de l'eau.

— Hum, d'accord.

15 H 30

Confortablement assise sur la terrasse, je dévore des beignets accompagnés d'un chocolat chaud tout en examinant avec attention les passants autour de moi. Les Néerlandais sont, pour la plupart, grands et élancés. Beaucoup sont blonds, mais pas seulement. Les jeunes sont aussi très nombreux. Je remarque qu'ils ne s'habillent pas exactement comme les Québécois. Çà et là, plusieurs portent un jeans, évidemment, comme les jeunes partout dans le monde, mais beaucoup exhibent plutôt un pantalon ample et coloré assorti d'une chemise d'inspiration hindoue ou asiatique sous une veste. À ma grande surprise, la majorité des gens sont chaussés de souliers genre sabots ou Birkenstock, et l'écharpe semble obligatoire. Je dis cela parce qu'à peu près tout le monde arbore nonchalamment un foulard noué autour du cou. Déambulant à pied à côté de leur vélo, beaucoup de filles portent une jupe longue à motifs fleuris, un peu à l'ancienne mode. En fait, personne ne semble réellement suivre la mode ou, plutôt, tout le monde a l'air d'inventer la sienne. Il règne un peu partout une ambiance « vivre et laisser vivre » qui me plaît vraiment. Je soupire. J'aimerais tant que mes amis soient ici, avec moi.

En rentrant à la « maison », je vais tenter de les joindre sur Facebook.

— Tu aimes tes *Oliebollen,* ma choupinette ?

— Mes quoi ?

— *Oliebollen*. C'est le nom que l'on donne ici à ces beignets.

— Cool ! (Tu parles d'un nom à coucher dehors pour une pâtisserie !)

Il s'agit d'une boule de pâte sucrée frite (genre « trou de beigne » géant), parsemée de raisins secs et saupoudrée de sucre à glacer. J'adore, mais j'ai l'impression de me mettre du sucre plein la figure ! Tant pis, c'est trop bon, surtout avec le chocolat chaud ! Gina adorerait, elle aussi, j'en suis certaine. Oh, mon amie me manque TROP !

17 H

En sautant du tramway, je constate qu'il fait déjà presque nuit. Ici comme chez nous, les jours raccourcissent rapidement à cette époque de l'année. Je réprime un bâillement. Je commence à avoir hâte de savoir ce qui se passe sur Facebook, moi, là… Mais y en aura pas de facile ! Avant de mettre le cap sur Bloemgracht, ma mère m'entraîne à pied sur Prinsengracht.

— J'ai repéré une fromagerie par ici, hier, chatounette. Il faut absolument que tu goûtes au gouda !

— Que je goûte au quoi ? C'est une autre pâtisserie ?

— Pas tout à fait...

(Oh non ! Pas encore un de ces trucs bizarres dont elle raffole, j'espère !)

— Il s'agit d'un fromage absolument délicieux qui est fabriqué ici, aux Pays-Bas.

— Pas un de tes fromages forts qui puent ? Je n'y tiens pas particulièrement, non merci !

Magnanime, ma mère éclate de rire.

— Rassure-toi, il est possible d'acheter le fromage à divers stades de maturité et le gouda ne pue pas du tout, petite grincheuse. Je suis certaine que tu vas l'adorer.

— Ouais, ouais, on dit ça.

— Allez, viens !

Elle m'entraîne dans une boutique meublée d'étagères en bois clair remplies de fromage, du sol au plafond. Effectivement, à ma grande surprise, ça sent plutôt bon. Le gouda se présente sous forme d'énormes meules couvertes de cire jaune ou rouge. Un peu comme des Mini Babybel géants quoi ! Les employées, toutes des jeunes filles, portent ce qui a l'air d'être le costume traditionnel néerlandais: une jupe longue rouge, une blouse noire à manches bouffantes et un long tablier blanc. Sur leurs têtes se dresse un curieux chapeau pointu en dentelle blanche avec les côtés recourbés. Aux pieds, je remarque qu'elles ont toutes des sabots de bois. Maman demande à l'une d'entre elles de lui couper un grand morceau de gouda. La fromagère l'enveloppe dans du papier ciré puis lui réclame 10 euros avec le sourire. Ma mère lui renvoie son sourire, ravie.

—Avec ça, je te cuisinerai les plus délicieux macaronis au fromage que tu auras mangés de toute ta vie, poussinette.

—Je croyais qu'on mangeait des spaghettis.

—On en mangera demain. Ce soir, je cuisine ton deuxième plat préféré. Tu ne vas pas rouspéter?

J'ouvre la bouche pour dire quelque chose, puis la referme. C'est vrai que j'aime les macaronis presque autant que les spaghettis. Et puis, si je proteste, elle va encore me traiter de grincheuse. Je me demande où elle est allée chercher un qualificatif pareil d'ailleurs! Moi, grincheuse? Jamais de la vie!

17 H 30

Le soleil s'est couché et la température s'est considérablement rafraîchie. Grelottant sous ma veste, je ne suis pas fâchée de sauter à bord de la péniche.

Lorsque je mets le pied à l'intérieur, le sens des priorités prend le dessus sur toute autre chose, y compris mon envie furieuse de m'enfermer dans les toilettes pour faire pipi. Je fonce dans ma chambre mettre la main sur mon iPod AVANT de m'enfermer dans la salle de bain. Quel soulagement ! Je déteste utiliser les toilettes publiques... alors je me suis retenue toute la sainte journée. La vie de globe-trotter n'est pas toujours facile, c'est le cas de le dire. Bon, c'est quoi déjà le mot de passe pour aller sur Internet ?

Contre toute attente, mon iPod se branche instantanément sur le réseau, dès que j'ouvre le navigateur. Cool ! J'espère que mes amis sont là.

— M'man-an ?

— Oui.

— Il est quelle heure au Québec là ?

— Il est 11 h 30, ma pupuce.

Ah, oui ? Ah bon... Pourvu que Gina soit déjà levée. Quoi ? C'est vrai ! Nous, les ados, on se lève tard le samedi, non ? À moins qu'elle ne soit déjà partie magasiner ! C'est drôlement ennuyant, cette histoire de décalage horaire !

17 H 35

Moi : Gina ? T'es là ?
Gina : Jules ! Salut ! Alors, c'est comment Amsterdam ?
Moi : Tu ne devineras jamais où j'habite.
Gina : Où ?
Moi : Sur une péniche !
Gina : Hein ? C'est quoi ça ?
Moi : C'est une sorte de bateau !
Gina : *Chill !* Et la ville ? C'est beau ? Et les gens, ils sont comment ?
Moi : Il y a des vélos absolument partout, mais personne ne porte la tenue appropriée.
Gina : Qu'est-ce que tu veux dire par « tenue appropriée » ?
Moi : Ben tu sais, les cuissardes noires et le t-shirt en tissu spécial avec un logo énorme devant que portent les Québécois sur les pistes cyclables, le dimanche… Les cyclistes, ici, sont tous habillés normalement, comme s'ils allaient tout simplement travailler, conduire les enfants à la garderie,

faire les courses ou voir des copains. La plupart portent même le costume-cravate et tout.
Gina : Hein ! Trop bizarre ! Et la nourriture ?
Moi : Correct, là, du moins jusqu'à présent... Les pâtisseries et les desserts sont délicieux. Maman m'a traînée dans un restaurant végétarien hier, mais j'ai eu droit à deux desserts... Il y a des comptoirs de frites dans la rue aussi et elles sont vraiment bonnes !
Gina : Malade ! T'es *full* chanceuse, Jules !
Moi : Bof ! Je préférerais regarder le prochain épisode de *Mix5*[L] à la télé avec toi, ce soir...
Gina : Dis pas ça, Jules. T'as drôlement de la chance de pouvoir voyager au beau milieu de l'année scolaire. Ta mère est trop cool !
Moi : Tu trouves ?
Gina : Ben, ouais ! Une émission de télé, ce n'est rien à côté de ce que tu as la chance de vivre là. Profite de chaque seconde, Jules !
Moi : Mouais ! T'as p't'être raison...
Gina : C'est sûr que j'ai raison.
Moi : En tout cas, j'ai rencontré plein de beaux gars depuis hier.
Gina : C'est maintenant que tu me le dis !

Moi : Lol.
Gina : Qui ?
Moi : Le premier est le garçon qui nous a servies au restaurant végétarien.
Gina : Il était comment ?
Moi : *Full* beau avec des tresses rastas et un béret.
Gina : Beurk ! Moi, j'aime pas les tresses rastas.
Moi : D'accord, les tresses, c'est pas *full* beau, mais il était rudement cool et gentil, et il m'a fait un clin d'œil.
Gina : Hum ! Tu vas le revoir ?
Moi : Je ne sais pas. Ça va dépendre de maman, je pense.
Gina : Et les autres gars ?
Moi : Le deuxième, c'est le gars qui nous a loué les vélos, ce matin.
Gina : Avec des tresses rastas, aussi ?
Moi : Non, avec des *tatoos* colorés sur les bras et des anneaux aux oreilles. Il s'appelle Frans.
Gina : T'es donc ben rendue avec des goûts bizarres ! Moi qui croyais que ton genre, c'était… Gino.
Moi : Arrête ! Gino est juste mon ami.
Gina : Ça, c'est toi qui le dis.

Moi : Et puis, il y en a un troisième.
Gina : Oh là là ! Quel voyage ! Il y en a donc ben des beaux gars par là-bas !
Moi : Oui. Il y en a plein, mais celui-là est encore plus beau que les autres. Il s'appelle Piet.
Gina : Tu blagues !
Moi : Pas du tout. C'est un prénom typiquement néerlandais, m'a dit maman.
Gina : Et ça se prononce comment ? Pied ?
Moi : Lol ! Pas du tout. Ça se prononce Piette.
Gina : Lol ! Et il a l'air de quoi au juste, celui-là ?
Moi : Il est trop beau. Tu te rappelles le personnage de Max dans le film *La voleuse de livres* ?
Gina : Ce serait difficile de l'oublier. Il était TELLEMENT craquant.
Moi : Ben le gars lui ressemble comme deux gouttes d'eau.
Gina : Arrête, tu vas me rendre jalouse ! Tu l'as rencontré où ?
Moi : C'est le fils de l'homme que maman est venue voir ici, à Amsterdam.
Gina : Est-ce que ça veut dire que tu vas le revoir ?

Moi : Oui. Demain.
Gina : Faudra absolument que tu me racontes ça ! Là, il faut que je te laisse. Ma mère m'appelle pour déjeuner, pis après, on va faire des courses en vue du party qui a lieu chez nous, ce soir.
Moi : Chanceuse ! J'aurais tellement voulu être là. Tu te déguises en quoi ?
Gina : Lol ! Chanceuse toi-même ! Je pensais me déguiser en vampire. J'ai trouvé des crocs, mais il me manque une cape ! Allez, on essaie de se reparler demain ? Fais attention à tous ces beaux gars autour de toi ! Tout d'un coup que tu ne voudrais pas revenir la semaine prochaine !
Moi : Aucune chance que ça arrive. T'en fais pas !

18 H

Je reste encore un moment à scruter mon fil de nouvelles sur Facebook. C'est trop bizarre de penser qu'ici le soleil est couché alors qu'ils ne sont encore qu'en milieu de journée au Québec... Aucune trace de Gino. Je me demande bien ce qu'il fait aujourd'hui. Il ne va probablement pas magasiner, lui. Par contre, il sera sûrement au party de ce soir. J'ai oublié de demander à Gina quelle température il fait là-bas. S'il fait beau, il est peut-être au parc à *skate*. Quoique là-bas, il fait sans doute déjà pas mal plus froid qu'ici. Bon, ben tant pis ! Je vais rejoindre maman dans la cuisine.

— Pis, ces macaronis ? C'est bientôt prêt, m'man ?

20 H 30

Je me suis couchée de bonne heure. À ma grande surprise, aucun petit monstre n'est venu frapper à la porte de notre péniche. Dommage... Le vent s'est levé et l'embarcation tangue doucement. Pas assez pour me donner mal au cœur, mais suffisamment pour que j'aie l'impression d'être bercée. Je suis un peu fébrile à l'idée de revoir Piet demain. Je me demande ce qu'il faisait ce soir, lui. Je me demande aussi si on va tomber amoureux l'un de l'autre... Je me demande surtout ce que je vais pouvoir me mettre sur le dos pour sortir avec lui. Oh là là ! Quel problème !

Avant d'éteindre la lampe de ma table de nuit, j'ouvre *Le Journal d'Anne Frank* au hasard. Ça devrait m'aider à m'endormir...

20 H 45

Vous ne me croirez peut-être pas, mais Anne avait elle aussi un problème de garde-robe. Oui, oui. Comme elle est restée enfermée pendant deux ans, elle devait porter les mêmes vêtements tout le temps. La preuve, voici un passage écrit le 2 mai 1943 :

Maman et Margot ont passé tout l'hiver avec trois tricots à elles deux et les miens sont si petits qu'ils ne m'arrivent même pas au nombril.

Ayoye ! Faut avouer qu'il y a pire que ma situation...

21 H

Mes paupières sont lourdes et le livre me glisse doucement des mains. Avant même de m'endormir tout à fait, je commence à rêver. J'imagine que je vais à la rencontre de Piet avec un jeans qui m'arrive à mi-mollet et me fait un bourrelet à la taille, alors que l'ourlet de mon chandail en lainage mauve s'arrête juste en haut de mon nombril. Un cauchemar !

Dimanche 1er novembre

9 H

Je me suis réveillée de peine et de misère. Je pensais m'être déjà habituée au décalage horaire (puisque je me suis facilement endormie hier soir), mais je me suis réveillée à 2 h du matin et j'ai regardé le plafond de ma chambre jusqu'à 6 h. Ce qui fait que, lorsque ma très chère mère est venue me réveiller à 8 h, j'ai eu l'impression d'avoir passé la nuit sur une corde à linge… Maman semble un peu poquée[L], elle aussi. La pauvre ! Sa chevelure est en bataille et elle n'a pas tout à fait les yeux en face des trous. Elle nous a pourtant préparé des œufs brouillés, du jambon et une salade de fruits frais. Je ne sais pas si je rêve, mais il me semble que les œufs n'ont pas le même goût que ceux dont j'ai l'habitude. Quand je lui en fais la remarque, maman me dit que c'est peut-être parce que, ici, la variété de poules est différente de celle des pondeuses de chez nous. Bizarre, non ? Elles ont des dents peut-être ? (Je blague !)

— Piet et sa famille nous attendent à 10 h. Va vite t'habiller, pitchounette !

— Oui, m'man.

9 H 10

Un grand miroir sur pied meuble ma chambre. Debout devant la glace en soutien-gorge et petite culotte, je m'examine avec soin. Je n'aime pas la couleur de mes yeux. Ils sont noisette, d'après maman, c'est-à-dire bruns… Leur forme me plaît bien cependant. J'ai de longs cils aussi. (On me demande tout le temps si je porte des faux cils. Ça me fait bien rire.) Gina dit qu'elle aimerait bien en avoir des semblables. Moi, j'aimerais avoir ses yeux à elle. Ils sont verts, comme ceux de ma mère et de… Piet. Je me demande s'il m'a trouvée jolie, hier ! Maman dit que j'ai un regard espiègle et un sourire craquant, mais c'est ma mère, alors son opinion n'est pas très crédible, c'est bien évident. Ma bouche est petite. J'aurais préféré avoir la lèvre supérieure plus charnue, comme mon amie Camille, dont le père était originaire de Cuba. (Soupir !) J'ai des taches de rousseur sur le nez et je les déteste ! Mes cheveux sont bruns. (Rien de plus

ordinaire. ☹) L'an dernier, ma mère a permis que je me fasse faire des mèches pour mon anniversaire. Ça aide un peu, mais j'aurais aimé que mes cheveux soient blonds comme ceux de maman…

Mes seins sont minuscules aussi. C'est absolument DÉ-SES-PÉ-RANT. Ma mère dit qu'il faut être patiente et que ma poitrine ressemblera un jour à la sienne, mais j'ai peine à la croire. Dans ma classe de français, il y a une fille dont la poitrine est encore plus généreuse que celle de la mère de Gina (et ce n'est pas peu dire) alors qu'elle n'a que treize ans, comme moi ! Côté jambes, rien d'extraordinaire, mais ça va. Grand-maman dit que j'ai les plus belles jambes qu'elle a jamais vues. Je me demande où elle est allée chercher ça ! Moi, je les trouve ben correctes, mais sans plus. Quoique, une fois, au cours de gym, Kevin, le chum[L] de Mélissa, l'une des deux jumelles Lirette, m'a dit que j'avais de jolies jambes. Je n'ai rien pu lui répondre d'autre que « merci » et j'ai rougi comme un piment *jalapeño*, mais toute la classe a cru que la jumelle allait s'étouffer de rage ! Elle a lancé un coup de coude dans les côtes de Kevin avec un air furieux. C'était HI-LA-RANT !

— M'man-an ?

— Oui, poussinette.

— Je devrais mettre quoi aujourd'hui ?

— Habille-toi chaudement. On ne sait jamais comment le temps va tourner, ici.

— Si je mets ma jupe en jeans, tu crois que ça ira ?

— Hum ! Je ne crois pas. Il fera sans doute un peu frais à la fin de l'après-midi. Pourquoi ne mets-tu pas plutôt un de tes jeans ?

— Trop ordinaire !

— Ah ! je vois. Tu cherches à impressionner Piet, c'est ça ?

— Comment ça “impressionner Piet” ? Ça va pas la tête !

Qu’est-ce qu’elle peut être gossante[L] ma mère, des fois ! En particulier quand elle s’imagine savoir ce qui se passe dans ma tête. Pourquoi diable voudrais-je impressionner un gars que je ne connais que depuis hier ? Elle est bien bonne celle-là ! (Ma pauvre vieille, tu déraillles complètement !) Grrr…

— Je mettrai mon nouveau chandail à col montant et le cardigan en laine angora qui va avec. Je n’aurai pas froid, j’en suis certaine ! Et puis j’ai mis ma veste en jeans dans mon sac à dos. Allez, ne sois pas casse-pied, maman !

— Pas question de porter cette jupe ici sans une paire de collants, Julieeette !

— On aura peut-être le temps d’aller m’en acheter aujourd’hui, tu crois ?

— Peut-être, nous verrons cela. Notre journée est déjà très chargée, tu sais…

— Mouais.

Ahrrr ! Pourquoi c’est toujours une corvée pour elle d’aller magasiner ? La mère de Gina, elle, ne fait jamais d’histoire pour passer les dimanches après-midi chez Forever 21 ou Little Burgundy !

9 H 25

J'ai finalement enfilé mon jeans noir avec l'ensemble chandail et cardigan en angora mauve (qui moule super bien ma minipoitrine). Il fait encore plus beau qu'hier ! J'ai bien fait de glisser ma veste en jeans dans mon sac ! Après un salut amical à Frans, toujours occupé à louer des vélos, nous nous dirigeons au pas de course vers l'arrêt du tramway qui va jusqu'à Plantage. Je commence à me sentir comme une vraie Amstellodamoise ! J'ai soigneusement plaqué mes cheveux avant de sortir et j'ai mis un peu de mascara. Ma mère ne s'en est pas rendu compte. J'espère que ça plaira à Piet…

10 H

C'est pile à l'heure que maman appuie sur la sonnette du numéro 23B de la rue Kerklaan. Tante Saskia nous accueille. Elle a l'air ravie de nous revoir et nous invite tout de suite à entrer. J'aurais préféré que mon nouvel ami soit déjà dans le hall en train de m'attendre… Lorsqu'il apparaît soudain, mon cœur cesse de battre et je sens instantanément la chaleur me monter au visage. J'avais oublié à quel point il est beau !

— Bonjour, Juliet ! Vous allez bien ?

J'adore la façon dont il prononce « Juliet », sans insister sur la dernière syllabe comme le fait ma mère, et avec un p'tit accent trop *cuuute* !

— Euh ! Bonjour, Piet.

— Mon petit-neveu a prévu emmener votre fille en promenade dans le quartier des musées, indique la vieille dame en s'adressant à maman. N'est-ce pas une bonne idée ?

— Très bonne en effet, répond poliment ma mère. Juliette a l'habitude de visiter des musées. N'est-ce pas, pucette ?

(Quoi ? Non mais, je suis dans un mauvais rêve ou quoi ! On ne va quand même pas passer la journée à visiter des MUSÉES !)

— Soyez de retour autour de 17 h, recommande la vieille dame. Nous dînerons tous ensemble, ce soir.

— Quelle charmante invitation, réplique maman en lui jetant un regard un peu gêné. Nous ne voudrions surtout pas abuser de votre hospitalité !

— Pas du tout, très chère amie. Nous mangerons tôt, c'cst-à-dirc autour dc 18 h pour vous éviter de rentrer trop tard. Et puis, mon neveu et moi avons des tas de choses à vous raconter. Nous avons besoin de temps pour ça !

Elle tapote affectueusement l'épaule de maman qui fond comme une glace au soleil.

— Oh ! Alors, d'accord.

— À tout à l'heure, m'man.

— Amuse-toi bien, poussinette !

— Maman-an !

— Quoi ?

— Laisse faire.

Je lui jette un regard furieux. Poussinette ! Elle ne se domptera donc jamais ? Il va penser quoi, Piet ? Déjà qu'elle a semblé dire que m'emmener visiter des musées était une bonne idée. Enfin, peut-être qu'en compagnie de Piet, la visite me semblera moins plate. Du moins, j'espère ! Vous voulez parier là-dessus ? ☺

10 H 30

Le quartier des musées est situé à l'ouest du quartier Plantage et au sud de Jordaan, le quartier où ma mère et moi logeons. Comme ce n'est pas la porte à côté, nous avons pris le tramway numéro 14 jusqu'à la gare centrale où nous changeons pour le numéro 2. Piet me prend la main pour m'aider à monter et descendre. Je suis impressionnée. Gino n'aurait jamais fait ça ! Enfin, je ne crois pas… C'est pas grave, j'adore mon meilleur ami ! Mais j'avoue que la galanterie à l'ancienne mode de Piet ne me laisse pas du tout indifférente… Bon ! Voilà que je rougis toute seule sans raison !

— Vous vous plaisez à Amsterdam, Juliet ?

— Oh, oui ! C'est super ! dis-je platement.

— J'ai pensé vous emmener d'abord voir le musée Van Gogh. Ça vous dit, *kameraadje* ?

— Hum, bonne idée ! J'adore les musées.

(*OMG !* C'est sorti tout seul ! Si mentir est gage d'un mauvais karma pour l'avenir, mon futur est FOUTU !)

— Dis, Piet ?

— Oui, *kameraadje* ?

— Ça veut dire quoi, heu, “camaradjie” ?

Ma question le fait rire. J'adore voir ses dents. Ses incisives latérales empiètent légèrement sur ses dents de devant et je trouve cela très charmant ! (Les broches ne doivent pas être à la mode aux Pays-Bas.) Son sourire n'est pas parfait, mais il est ir-ré-sis-ti-ble ! Bon, il faut que je cesse de le fixer comme ça, sinon il va penser que je suis complètement gaga !

— *Kameraadje* veut dire “mon amie”, *my friend*.

— Oh !

(Trop *cuuute* ! Ça y est, je suis complètement groupie des Néerlandais !)

10 H 50

Nous descendons du tramway sur la Van Baerlestraat, juste en face d'un grand bâtiment à l'architecture moderne.

— Le musée Van Gogh possède la plus grande collection au monde d'œuvres réalisées par ce peintre, m'annonce fièrement mon compagnon en me tendant l'un des deux billets qu'il vient d'acheter au guichet.

— Oh !

Je n'ai rien trouvé d'autre à dire que « oh ! ». Je sais que ce n'est pas fort, mais vous auriez répondu quoi à ma place, vous ? Il a l'air tellement cultivé que j'ai l'impression d'être une vraie tarte, moi ! (Gina serait furieuse de lire ça. Toutes les deux, nous sommes BFB d'après elle, c'est-à-dire **B**elles, **F**ines[L] et **B**rillantes ! Il faut que je me reprenne là !)

— Vous aimez Van Gogh, Juliet ?

— Euh ! Un peu, ouais.

(Je n'allais tout de même pas lui avouer que je ne connais absolument rien de ce peintre, si ce n'est qu'il est mort, qu'il était, semble-t-il, complètement fou et qu'il s'est apparemment coupé lui-même le lobe de l'oreille gauche avec un rasoir après une dispute avec son ami Paul Gauguin…)

— C'est au premier étage que sont exposées les

œuvres les plus connues. Venez, *kameraadje,* m'invite Piet en me tendant la main pour m'entraîner vers un escalier roulant. Nous étudions la peinture de monsieur Van Gogh à l'école, poursuit-il, mais c'est en lisant les lettres qu'il avait l'habitude d'échanger avec sa famille que j'ai pu mieux le comprendre et que je me suis mis à réellement m'intéresser à son travail. L'année de mon treizième anniversaire, on m'a offert un ouvrage rassemblant toute la correspondance de Vincent van Gogh. Huit cents lettres adressées à sa famille et à ses amis, dont plus de six cents destinées à son frère, Théo, de qui il était très proche.

— Wow ! Huit cents pages ! Vous les avez toutes lues ?

Ma question a l'air de le surprendre.

— Bien sûr !

Je prends le parti de changer de sujet.

— Il en avait de la chance d'avoir un grand frère à qui écrire.

— Je suis bien d'accord. Comme vous, je suis fils unique. Et puis, j'ai perdu ma mère lorsque j'avais huit ans.

— Comme c'est triste ! Que s'est-il donc passé ?

— Elle est décédée dans un accident de voiture. Et votre père ?

— Euh ! J'adore vivre avec ma mère ! dis-je avec

empressement pour faire diversion.

— Vous paraissez vraiment bien vous entendre toutes les deux.

— Nous nous entendons assez bien, oui.

Le pire, c'est que c'est vrai. Ma mère, elle est un peu beaucoup fofolle, mais je l'adore ! Elle est drôle, originale et elle ne me dispute que très rarement. Et puis, surtout, je sais que je peux toujours compter sur elle, et ça, c'est super important.

11 H

En entrant dans la première salle, nous passons d'abord devant une suite de peintures que je ne reconnais pas du tout (et que je trouve plus ou moins réussies, pardonnez-moi d'oser l'avouer). Je suis nulle en arts plates, de toute façon. Du moins, c'est l'avis de mademoiselle Roy, notre enseignante. (Grrr... On l'appelle « la méchante » !) Et puis, tout à coup, c'est le wow ! Je tombe nez à nez avec un tableau que je connais. Il s'agit des *Tournesols*, un des tableaux préférés de ma mère. Je le connais parce qu'elle en a fait encadrer une grande reproduction, qu'elle a accrochée dans notre salle de bain, à la maison.

— Vous connaissez cette œuvre ? s'étonne Piet, l'air ravi.

— Oui ! Il s'agit des *Tournesols,* m'a dit maman. (Enfin, il faut dire que ça se voit que ce sont des tournesols… Pas fameux ma réplique !)

— C'est exact. Elle a été peinte à Arles, en France, pendant le séjour de Van Gogh là-bas. Saviez-vous qu'il a peint pas moins de sept versions de ces *Tournesols* ? Comme s'il cherchait toujours à s'améliorer. L'artiste a réussi à y capturer tout le soleil de la Provence. Peut-être saviez-vous que Van Gogh était un peintre autodidacte ?

(Il est mignon, mais un peu barbant avec toutes ses précisions et ses questions. Je passe un examen, là, ou quoi ?)

— Euh ! Non, je ne savais pas.

— Vous peignez, *kameraadje* ?

— Moi ? (Jamais de la vie !) Euh ! Pas vraiment, non.

(Mis à part une tentative ratée de peindre une sorte de fresque à la tête de mon lit, une fois. Je voulais représenter des nuages dans un ciel bleu. J'avais commencé par peindre un immense carré bleu ciel qui allait du plancher au plafond. Ça, je l'avais plutôt réussi, mais j'ai frôlé la catastrophe dans ma tentative de reproduire des nuages… On avait plutôt l'impression qu'il s'agissait d'un bonhomme Michelin en train de s'envoler. Heureusement, ma mère est venue à ma rescousse et a terminé le travail à ma place. Ouf!)

— Et toi, Piet? Euh! je veux dire “vous”. Vous peignez?

(C’est vraiment trop bizarre de le vouvoyer. Je ne suis pas certaine de pouvoir y arriver sans éclater de rire!)

— Pour me distraire, mais je suis loin d’imaginer avoir ne serait-ce qu’une infime partie du talent qu’avait Van Gogh.

Hum! Il est modeste. Moi, j’aimerais bien voir ses dessins… Je suis certaine qu’ils sont très bien. Mieux que ça même!

Un peu plus loin, je reste muette de stupéfaction devant une série d’autoportraits réalisés par le peintre. Quel regard troublant! (C’est donc de cela qu’on a l’air quand on est en train de devenir fou!) Il faut absolument que maman voie ça! (Quant à mademoiselle Roy, elle n’en croira pas ses oreilles quand je lui raconterai cette visite…) Sur le mur, il y a un texte rédigé en néerlandais, anglais et français. J’y lis que c’est pour se « pratiquer » et améliorer sa technique qu’il a peint autant d’autoportraits. Il y a même un petit extrait d’une lettre qu’il a envoyée à son frère Théo:

Si j’arrive à pouvoir peindre la coloration de ma

propre tête, ce qui n'est pas sans présenter quelque difficulté, je pourrai aussi bien peindre les têtes des autres.

Je ne peux que lui donner raison. Elle ne devait pas être facile à peindre, sa tête ! Réfrénant un frisson, je rejoins Piet qui semble en pâmoison devant un tableau représentant des personnages assis autour d'une table et en train de partager un repas de… pommes de terre. Il s'agit d'un tableau gris et sombre. Pas du tout le genre de truc qu'on risque d'avoir envie d'accrocher chez soi.

— N'est-ce pas d'une grande beauté ?

— Euh ! (Je n'aurais pas dit ça d'même, je pense…)

— Ce tableau évoque le dur labeur de ceux qui vivent d'un travail manuel. Il s'adresse aux citadins qui sont à mille lieues de pouvoir comprendre la réalité des paysans pauvres. Ce qui fait de ce tableau un chef-d'œuvre, c'est qu'il n'a nul besoin d'explication. On comprend tout d'un seul regard.

(Si on sait lire, c'est facile aussi. Le tableau s'intitule justement *Les mangeurs de pommes de terre*. Original comme titre ! ☺)

Je réprime un bâillement. Bon ben, c'est formidable tout cela, mais il y a foule ici et on se fait un peu bousculer. En plus, j'ai chaud dans mon ensemble de laine angora. Enfin, avouez que ce n'est pas non plus l'endroit rêvé pour faire connaissance. Oups ! Y a mon estomac qui émet de drôles de gargouillis. C'est le signal ! C'est bien beau la peinture, la culture, l'art, tout ça, mais il ne faut jamais perdre de vue ses priorités...

— Dis, Piet ?

— Oui, Juliet ?

— Tu n'aurais, euh, je veux dire, vous n'auriez pas un p'tit creux, là, par hasard ?

— Pardon ? Un quoi ? Qu'est-ce que ça veut dire "pe-tit-creux" ?

— Ben, j'ai un tout petit peu faim, moi. Pas vous ?

Il éclate de rire. (Ben quoi ? Qu'est-ce que j'ai dit de drôle ?)

— Ah ! vous avez faim ?

— Euh, un peu oui, mais j'ai surtout envie de prendre l'air, en fait.

— D'accord. Allez, venez !

(Hum... J'espère que Piet ne va pas penser que je ne pense qu'à me goinfrer, mais j'avoue qu'il m'a donné faim avec son histoire de mangeurs de patates !)

12 H

Me tenant par le bras, mon nouvel ami m'entraîne à l'extérieur de la salle, puis vers l'escalier qui mène au rez-de-chaussée. Là, nous faisons un détour par la boutique de souvenirs. J'adore ce genre d'endroit. On y trouve des tas d'objets originaux ! Des sacs à dos, des boîtes à lunch et des étuis à crayons sur lesquels sont reproduits *Les Tournesols*. Il y a aussi des crayons et des effaces à l'effigie du peintre, des parapluies à l'image de la chambre de Vincent ou de la nuit étoilée, des t-shirts, des taies d'oreiller et des milliers d'autres choses tout aussi fascinantes. Là, je suis dans mon élément. Je voudrais tout acheter ! Heureusement, maman m'a donné un peu d'argent de poche. J'ai 40 euros, c'est-à-dire une véritable petite fortune ! Pour moi, j'hésite entre un parapluie, un bracelet et un t-shirt. Je finis par choisir un t-shirt avec *I Love Amsterdam* écrit dessus. Pour Gino et Gina, je décide que ce sera des crayons et des gommes à effacer marqués de la signature de Van Gogh. Pour maman, je prends un cahier vierge avec *La nuit étoilée* en couverture. Lorsque je me dirige vers la caisse pour payer, je me rends compte que Piet a acheté le joli parapluie que j'examinais tout à l'heure. Je me demande bien à qui il a projeté de l'offrir. (Voyons donc ! C'est probablement pour lui-même, banane !)

12 H 15

Une fois à l'extérieur, je tourne mon visage vers le soleil. C'est trop bon de retrouver la lumière du jour. L'air est juste tiède, agréable. C'est la température idéale pour une longue balade. Piet offre de porter le sac contenant mes achats. C'est gentil de sa part. Tout près du musée se trouve le Vondelpark, un immense parc. (Vous aviez deviné ? ☺) À ce que je vois, c'est le rendez-vous des joggeurs, des jeunes qui font du *skate*, des vieux qui font du patin à roulettes et des amateurs de pique-nique. L'endroit parfait pour un tête-à-tête avec le plus beau gars de la ville ! (Est-ce que je viens vraiment d'écrire ça moi, là ?) Lorsque Piet suggère d'aller y faire un tour, j'acquiesce avec enthousiasme.

Le centre du parc est occupé par un grand kiosque qui a un peu l'allure d'une soucoupe volante, tout rond et tout bleu. Il s'agit d'un restaurant sans prétention, me dit Piet. Il s'appelle le Het Blauwe Theehuis. Un nom à coucher dehors, s'il en est ! J'ai beau essayer, je n'arrive pas à le répéter mentalement, et je n'en suis pas surprise quand je le vois écrit sur l'enseigne. Drôle de langue que le néerlandais, non? Trop bizarre! IN-PRO-NON-ÇA-BLE. Du moins en apparence. Maman dit qu'on peut apprendre toutes les langues que l'on veut, surtout à mon âge. L'anglais et l'espagnol m'ont paru plutôt faciles, mais j'avoue que le néerlandais me décourage plus qu'un peu…

— Dites, Piet?

— Oui, Juliet.

— Ça veut dire quelque chose, euh, « Ette Blau Tiuisss » ?

— Oh! *Het Blauwe Theehuis?*

— Oui, c'est ça…

— Ça veut dire "Salon de thé bleu".

— Ah bon! Facile! ☺

Il rit. J'adore quand il rit. Ça m'aide à me détendre.

— Je dois avouer que le néerlandais est un peu difficile à apprendre pour les francophones, mais je suis persuadé que si vous deviez passer plusieurs mois avec nous, votre mère et vous finiriez par le parler. Vous avez l'air particulièrement intelligente, *kameraadje*.

— Oh!

Je ne sais plus quoi dire et me sens rougir comme une feuille d'automne.

Au premier étage nous attend une jolie terrasse extérieure où nous nous installons. Il fait beaucoup trop beau pour s'enfermer toute la journée et la vue de là-haut est magnifique. Je m'aperçois qu'il y a tout près un joli lac avec des canards et des cygnes nageant à la surface. J'adore les cygnes ! Ils sont tellement gracieux. Pas comme moi, en fait... Une fois que nous sommes assis, un silence pesant s'installe. Il est gentil, Piet, mais il est la plupart du temps si sérieux qu'il me met mal à l'aise, moi qui suis timide d'avance. Je ne sais pas toujours quoi répondre quand il me parle. Ma mère dit que lorsque l'on doit converser avec une personne inconnue, et que l'on ne sait pas quoi dire, il faut montrer que l'on s'intéresse à l'autre en lui posant des questions. Je prends une grande respiration. Voyons voir si ça fonctionne :

— Piet ?

— Oui, Juliet.

— Ça vous dérangerait si on se tutoyait ?

— Ça me ferait grand plaisir, au contraire.

Je me sens rougir encore plus que tout à l'heure. Qu'est-ce que c'est compliqué les relations, parfois ! Piet ne me quitte pas des yeux, j'ai l'impression d'être en train de faire une présentation orale au cours de français. (Soupir !) Par contre, la musique diffusée par les haut-parleurs extérieurs est absolument géniale !

— Dis-moi, euh, tu aimes la musique ?

— J'adore la musique, oui, surtout le jazz en fait, mais pas uniquement. J'aime aussi la musique électro-house. Et toi ?

— Euh ! J'aime un peu tout. J'aime aussi certains trucs qui datent de l'époque de ma mère. Tu connais Nirvana ?

— J'adore !

— Vraiment ?

— Absolument.

Nous sommes interrompus par le serveur qui vient nous présenter les menus. Heureusement, ceux-ci sont en néerlandais ET en anglais, ce qui facilite la lecture. Mais il y a des tas de plats dont le nom ne me dit rien, alors je suis super soulagée quand je comprends qu'on propose un « Hamburger BLT » avec des frites. À défaut de spaghettis, de raviolis, de macaronis ou de tortellinis, ce sera parfait. Mon ami choisit la même chose. Une fois nos commandes passées, Piet et moi sommes de nouveau en tête à tête. Le jeune homme me regarde d'un drôle d'air. Vous savez quoi, j'ai l'impression qu'il est au moins aussi timide que moi. Voilà qu'il rougit à son tour pendant qu'il pose devant moi le sac contenant le parapluie qu'il a acheté au musée tout à l'heure.

— C'est pour vous, euh ! pour toi, *kameraadje*.

— Sérieux ?

Je suis muette de surprise. Regardant de plus près, je constate qu'il s'agit effectivement du modèle sur lequel sont reproduits *Les Tournesols* de Van Gogh.

— Il pleut souvent à Amsterdam. Tu en auras sans doute besoin à un moment ou à un autre et des fleurs devraient te faire oublier la tristesse de la pluie.

— Oh ! Je suis très touchée, Piet. Merci !

Je me fiche qu'il soit vieux jeu ou timide, il est TROP adorable ! (S'il s'agissait de Gino ou de Gina, je lui ferais bien sûr l'accolade pour le remercier. C'est trop poche[L] que je sois trop timide pour montrer ma reconnaissance à Piet !)

13 H 15

Nos hamburgers étaient délicieux, mais je ne suis pas arrivée à manger le mien en entier. Les portions servies dans les restaurants à Amsterdam sont énormes ! Une fois l'addition payée, Piet me propose une nouvelle visite.

— Savais-tu que l'on surnomme Amsterdam la ville du diamant ?

— Hein ! Pour de vrai ?

— Tout à fait. Il y a des diamantaires partout dans Amsterdam. Nous sommes juste à côté de Coster Diamonds, une des fabriques de diamants parmi les plus célèbres au monde, et ils offrent des visites guidées gratuites.

— Tu veux dire qu'on peut y voir des diamants en vrai ?

— Absolument. Ça te dit d'aller y jeter un coup d'œil et de voir comment on taille et polit les pierres ?

— Et comment !

— Alors, allons-y.

(En vérité, j'aurais peut-être préféré m'étendre sur une couverture et faire la sieste sur la pelouse un petit moment, mais nous n'avons pas de couverture... alors, en bonne fille que je suis, je fais contre mauvaise fortune bon cœur. ☺)

13 H 30

Coster Diamonds est situé à deux pas de Vondelpark et, parole de Jules Bérubé, cet endroit s'avère réellement FA-BU-LEUX ! On peut y assister au calibrage, au sciage et au polissage des diamants. Pour ceux qui en ont les moyens, on peut aussi en acheter sur place. En ce qui me concerne, ça va attendre encore un peu… (Ce n'est pas demain la veille que j'aurai 1000 euros en ma possession pour acheter ce type de « souvenir ».)

Vous saviez ça, vous autres, que le diamant est constitué de carbone pur ? Qu'il y en a aussi des jaunes et des roses, et que c'est le matériau naturel le plus dur de la planète ? Étiez-vous au courant que c'est la façon dont on le taille, c'est-à-dire en facettes, qui lui permet de scintiller autant ? Je savais déjà que c'était la pierre la plus brillante et la plus recherchée, mais j'ignorais qu'il était impossible de l'égratigner. Il paraît que les rois européens lui attribuaient un pouvoir antipoison ! À mourir de rire, non ? Figurez-vous donc aussi qu'en 1270, le roi Louis IX avait énoncé une loi stipulant que les diamants étaient réservés aux seuls souverains et que, jusqu'à ce qu'un archiduc quelconque en offre un en guise de bague de fiançailles à sa dulcinée, en 1477, les diamants étaient destinés aux hommes uniquement ! Hilarant ! Il paraît aussi qu'en 1534, un pape est décédé après avoir avalé un médicament à base de poudre de diamant, et qu'à partir de ce moment, on a plutôt utilisé la poudre de diamant comme poison. Enfin, on dit qu'un diamant imparfait porte malheur. Tu parles d'une affaire !

15 H

Le temps s'est un peu refroidi et, en sortant de chez Coster, je ne suis pas fâchée d'être habillée de laine et de pouvoir prendre ma veste en jeans dans mon sac à dos. Le ciel s'est couvert, aussi. Piet avait raison, la pluie ne semble pas loin.

— Brrr !

— Tu as froid, *kameraadje* ?

Sans crier gare, il entoure gentiment mes épaules de son bras droit. Venant de lui, ça n'a rien d'audacieux ou d'entreprenant. Je comprends que ce n'est qu'un exemple de plus de son amabilité naturelle.

— Pas trop non. On fait quoi, là ?

— Tu n'es pas fatiguée ? Tu veux rentrer ? s'enquiert-il avec sollicitude.

— Pas encore, non. Il n'est que 15 h et les parents ne nous attendent pas avant 17 h, non ?

La vérité, c'est que je m'amuse bien avec Piet. (Les vieux peuvent être parfois si ennuyeux !)

— Tu as raison. Si le cœur t'en dit, j'ai encore quelque chose à te montrer. Mais pour cela, il faut retourner dans Plantage. Nous pourrons ensuite rentrer à pied.

— D'accord !

Nous reprenons donc le tramway numéro 2 qui nous dépose à la gare centrale, où a lieu le transfert avec le tram numéro 14 qui, lui, nous ramène vers le quartier où Piet habite. Là, plutôt que de descendre à l'arrêt situé au coin de la rue Kerklaan, nous descendons rue Kattenburgracht, un peu plus loin, devant un énorme bâtiment. Ah ! non, pas un autre musée !

— Où sommes-nous ?

— Au musée maritime néerlandais, le Scheepvaartmuseum.

Devant ma figure un peu déconfite, Piet éclate de rire.

— Ne t'en fais pas, ma belle amie, ce musée n'a rien en commun avec ce que tu connais. Ici, il n'y a rien de poussiéreux ou d'ennuyeux, crois-moi !

— Tu en es sûr ?

— C'est une promesse, m'assure-t-il.

Il dit cela en effleurant mes taches de rousseur du bout de son index. Confuse, je ne sais trop ce qu'il a voulu dire… Me tenant par la main, il m'entraîne à l'intérieur. Il est si gentil que je n'ai pas le cœur de rouspéter. Comme il est plus âgé que moi, lorsqu'il me tient ainsi, j'ai l'impression d'être en compagnie de mon cousin ou du grand frère dont j'ai toujours rêvé et que je n'ai jamais eu. C'est une sensation à la fois étrange et très agréable.

15 H 30

D'après Piet, le Het Scheepvaartmuseum est LE plus important musée consacré à la navigation qui soit au monde. Nos billets achetés, je le suis dans une enfilade de salles où sont présentés des maquettes de navires, des pièces de mobilier, des globes terrestres, des cartes, des voiles, des cordages, des canons et divers instruments de navigation ; une véritable caverne d'Ali Baba de trésors sous-marins dont certains ont été récupérés à bord d'authentiques épaves de bateaux ayant appartenu à la défunte Compagnie des Indes orientales ! Dommage que Gino, qui adore la géo, ne puisse voir tout cela ! Me voici soudain transportée à l'époque des grands explorateurs, des pirates et des flibustiers. Je suis particulièrement impressionnée par les figures de proue qui ont été récupérées sur des navires disparus en mer avant d'être restaurées pour être exposées.

16 H

Mais le clou de la visite se trouve à l'extérieur du musée. Au fond de la salle du rez-de-chaussée, une volée de marches descend vers une porte extérieure. Là, amarrée à la jetée, une réplique de l'*Amsterdam*, un des navires à trois mâts ayant sillonné les mers orientales au XVIIIe siècle, attend sagement les visiteurs. Sur le pont, des acteurs en costume d'époque nous invitent à monter à bord. Du coup, Piet et moi nous retrouvons projetés à cette époque glorieuse. Je suis terriblement excitée ! Le capitaine nous souhaite la bienvenue et nous offre de visiter sa cabine ! Trop cool ! Nous explorons aussi les quartiers des officiers et ceux de l'équipage ordinaire. Pas la moindre femme en vue, mais toute une flopée de jeunes mousses montant et descendant avec agilité des cordages. Une descente dans la cale me permet d'apprendre que la cargaison type était généralement constituée, non pas de pièces d'or et de bijoux, mais de noix de muscade, de clous de girofle, de poivre, de cannelle et d'autres épices si prisées et rares à l'époque que des centaines d'hommes étaient prêts à risquer leur vie pour se rendre au bout du monde en chercher, contre vents et marées. (Des fois, je me dis que ça devait être génial de vivre à l'époque des pirates ! Sauf que le papier hygiénique n'avait pas encore été inventé, à ce qu'il paraît. Beurk !)

17 H

Ce n'est pas que je me sois ennuyée aujourd'hui, mais la nuit tombe, je suis fatiguée et mes jambes refusent de me porter davantage. Et puis, j'ai vu, entendu et appris tellement de choses depuis que j'ai ouvert les yeux ce matin que j'ai l'impression qu'il ne reste plus la moindre place dans ma cervelle. Je crie silencieusement « chut », espérant qu'il ne reste pas encore trois ou quatre kilomètres à parcourir entre Kattenburgracht et la maison de Piet. Je me demande quel genre de journée a pu avoir maman, entre la grand-tante et le père de mon nouvel ami...

À mon grand soulagement, la rue Kerklaan n'est effectivement qu'à deux minutes à pied du musée naval. En passant le seuil de la maison, nous sommes accueillis par des éclats de rire en provenance de la cuisine.

— Ta mère, mon père et tante Saskia ont l'air de particulièrement bien s'entendre, constate Piet.

— J'en suis certaine. Il n'y a rien qui fasse plus plaisir à ma mère que de se faire de nouveaux amis, dis-je.

— Je crois qu'il y a sans doute un peu plus que cela, rétorque Piet. Ma tante a connu ton grand-père alors qu'elle était encore gamine, en 1945. Tu le savais ?

— Vraiment ? Mais, ça veut dire que ça lui fait quel âge à ta grand-tante ?

— On a fêté son soixante-dix-septième anniversaire l'été dernier. Elle et papa étaient terriblement excités lorsqu'ils ont reçu la lettre de ta mère annonçant votre visite. Tante Saskia a même versé des larmes en disant que c'est le ciel qui est intervenu pour réunir enfin nos deux familles.

— Juliette, ma pitchouneeette, enfin !

Sourire aux lèvres, ma mère semble particulièrement joyeuse. J'ai l'impression qu'elle a pris l'apéro. Même qu'elle paraît légèrement éméchée. Je l'entends à la façon dont elle traîne le « e » de pitchounette…

— Viens vite nous rejoindre.

— Alors, les enfants, comment s'est passé votre après-midi ? demande le père de Piet qui arbore le même sourire béat et louche que ma mère.

(Que diable a-t-il bien pu se passer ici, aujourd'hui ?)

— Juliette a particulièrement apprécié la visite de la réplique de l'*Amsterdam*, amarrée derrière le Scheepvaartmuseum, annonce Piet.

— Oh ! Merveilleux ! s'exclame ma mère. Et qu'as-tu là, choupinette ?

Elle a posé la question en montrant du doigt le sac contenant les petits souvenirs que j'ai achetés.

— Oh ! Nous sommes aussi passés au musée Van Gogh. Je t'ai pris quelque chose et j'ai trouvé des cadeaux pour Gino et Gina.

Ma mère prend soudain l'air d'une petite fille la veille de Noël.

— Je peux voir ?

Elle tend la main vers le sac, mais je me dérobe et cache rapidement celui-ci derrière mon dos.

— Pas question. Tu verras tout ça lorsque nous serons de retour à la maison. Mais regarde ce que Piet m'a offert.

Je lui montre le parapluie décoré de tournesols.

— Oh ! Il est vraiment très beau.

Se tournant vers mon ami :

— Merci de vous être si bien occupé de Juliette, Piet.

— Tout le plaisir était pour moi, madame Bérubé. La compagnie de votre fille était très agréable.

Je rougis de plaisir.

19 H

Pendant le dîner, la conversation tourne autour de mon grand-père.

— Tu te souviens de la photo que je t'ai montrée à la maison, Juliette ? Celle avec ton grand-père, à l'âge de dix-huit ans ?

— Celle où il est photographié avec une dame, un autre adolescent et une petite fille ?

— Oui, celle-là.

— Eh bien, cette petite, c'était moi, intervient la tante Saskia.

— Vraiment ?

J'écarquille les yeux de surprise. La belle petite fille de la photo, tante Saskia ? Est-il réellement possible de changer autant en vieillissant ? Et puis, d'abord, jamais je n'aurais pensé qu'on pouvait vivre aussi longtemps...

— Absolument. J'avais sept ans.

— Et la dame ?

— C'était ma mère. Elle est décédée quand j'ai eu vingt ans, hélas.

— Oh ! Je suis réellement désolée, dis-je sincèrement. Et l'adolescent ?

— Il s'agissait de George, le père de Joris et mon grand frère. Il est décédé au même âge que votre grand-père.

La vieille dame a soudain l'air un peu triste. Quant à moi, je suis bouche bée !

19 H 30

Une chose est certaine, le père de Piet et ma mère se plaisent. Ils ne se quittent pas des yeux. Pire, ils se regardent l'un l'autre avec des yeux de merlans frits. Beurk ! Ça dégouline de : « Vous avez raison, Joris », « Votre intelligence est remarquable, Marianne », « Vous allez me faire rougir, Joris », « Vous avoir avec nous est un vif plaisir, Marianne », etc., etc., etc. Grrr... Trêve de commentaires ! 😑

Nous mangeons une *rijsttafel*. Cela veut dire « table de riz », m'explique Piet. Il s'agit d'une sorte de festin indonésien, héritage du passé colonial des Pays-Bas. Cela consiste en une variété de plats à base de riz déposés au centre de la table et dans lesquels tous les convives peuvent se servir. Le riz est accompagné de viande, de poisson ou de légumes et de diverses sauces. Plusieurs sont piquantes.

À mon avis, ça ne bat pas des bons spaghettis à la sauce bolognaise, mais c'est quand même bon et ça change... Assis à côté de moi, Piet me comble de petites attentions. Je lui en suis reconnaissante, car ma mère, elle, ne voit carrément que Joris. Quant à la tante Saskia, elle babille comme une petite fille et semble si heureuse que ma mère et moi soyons là qu'elle ne voit même pas ce qui se passe entre son neveu et maman ! Quelque chose chez elle me touche beaucoup. Je la trouve vraiment belle, malgré son grand âge. J'aimerais lui ressembler quand j'aurai à mon tour près de quatre-vingts ans !

21 H

Le repas terminé, maman et moi nous préparons à partir. Un vent à couper les têtes s'est levé et il fait un froid de canard. Je ne suis pas loin de penser qu'il va neiger ! Comment de tels écarts de température peuvent-ils être possibles ? Il faisait si doux encore tout à l'heure... Heureusement, Joris propose de nous raccompagner dans sa Renault Mégane. Piet monte avec nous (maman et Joris à l'avant, Piet et moi à l'arrière). ☺

— Vous êtes occupée demain, Marianne ?

— Euh ! Je prévoyais emmener Juliette au marché aux puces de Noordermarkt, pourquoi ?

— Ce marché a lieu en matinée, et je pensais à demain soir. J'aimerais vous emmener dîner au restaurant.

— Oh !

— Je ne voudrais pas vous importuner, mais comme votre séjour ici est très court, je souhaite profiter au maximum de votre présence.

Croyez-le ou non, en disant cela, le père de Piet ROUGIT, comme l'a fait Piet cet après-midi. Un adulte qui rougit comme une adolescente, non mais, il faut le faire !

— Eh bien, ce sera avec grand plaisir, répond ma mère avec un si large sourire que j'ai peur que sa mâchoire ne reste coincée dans cette position…

— Je passerai vous prendre autour de 18 h. Est-ce que ça vous va ?

— Ce sera parfait !

— Je termine les cours à 15 h, demain, se lance Piet à son tour en se tournant vers moi, ça te dirait qu'on se retrouve après ?

Je hoche la tête avec conviction.

— Oh, oui !

— J'ai pensé que je pourrais t'emmener flâner sur le Dam et, ensuite, nous pourrions aller voir le dernier *Hunger Games* au cinéma. Ça te dit ?

— Super ! Tu viendras me chercher ?

— Bien sûr ! Je serai chez toi autour de 15 h 30, ça te va ?

— Tout à fait.

Une fois arrivés à destination, les deux hommes descendent de voiture pour nous ouvrir les portières et nous dire bonsoir.

Tandis que son père tend la main à ma mère, Piet, lui, m'embrasse rapidement sur la joue.

— *Goedenacht,* Juliet.

— Qu'est-ce que ça veut dire ? lui demandé-je.

— Ça veut dire "bonne nuit, Juliet", traduit-il en souriant gentiment.

— Bonne nuit, Piet.

Je capote ! Je n'en reviens pas ! Je jubile ! J'exulte ! Je flotte ! Je suis heureuse !

21 H 30

Il est 15 h 30 au Québec et avec l'école qui reprend demain, il y a des chances pour que Gino et Gina soient à la maison. Oh, oh ! Hourra, Gino est là ! ☺☺☺

Moi : T'es là ? Gino ?
Gino : Jules ! Yo ! Ça va ?
Moi : Oui. Tu sais quelle heure il est ici ?
Gino : 21 h 30 ?
Moi : Hein, comment tu le sais ?
Gino : Il est six heures plus tard en Europe qu'ici. C'est assez simple. Lol

Moi : OK, tu sais toujours tout, toi, Gino. Comment ça se fait ?
Gino : Peut-être que j'écoute en classe.
Moi : Bah ! Moi aussi j'écoute en classe, d'habitude.
Gino : Pas toujours. Tu jases[L] et tu rêvasses pas mal aussi, avoue !
Moi : Tu trouves ?
Gino : Ben, ouais ! Surtout que t'es pas là souvent…
Moi : Mouais ! T'as p't'être raison… Changeons de sujet, veux-tu ?
Gino : C'est sûr que j'ai raison. Puis, Amsterdam, c'est comment, dis-moi ?
Moi : Correct, là.
Gino : Comment ça « correct » ? C'est une des villes parmi les plus fabuleuses qui soient au monde. Tu as vu les canaux ?
Moi : Bien sûr. Même que maman a loué une péniche et qu'on dort dedans.
Gino : Tu as tellement de chance, Jules ! J'aimerais ça, être à ta place, des fois.
Moi : Baaah ! C'est pas SI cool ! Si Gina et toi étiez ici, ce serait autrement mieux, ça c'est sûr !
Gino : Je peux te dire quelque chose sans te fâcher, Jules ?

Moi : Bien sûr. Qu'est-ce qu'il y a ?
Gino : Tu ne trouves pas que tu as parfois tendance à ne voir que les points négatifs d'une situation ? Des fois, il me semble que tu ne vois pas ce qu'il y a de fantastique dans la vie que tu mènes grâce à ta mère. Je ne dis pas cela pour te critiquer, là. On parle pour parler…
Moi : ☹
Gino : Tu es mon amie, Jules, alors je t'aime telle que tu es, et à mes yeux, tu es formidable. Je voudrais juste que tu apprennes à apprécier ce que tu vis au jour le jour. Amsterdam est une ville mythique. Savoure chaque seconde de ton voyage.
Moi : D'accord. Mais c'est quand même pas Disneyland, avoue.
Gino : Non mais, je rêve ou tu n'as rien compris ? Il faut que je te laisse. Maman m'appelle pour dîner.
Moi : Déjà ? Je ne t'ai pas encore raconté ma visite au musée Van Gogh.
Gino : Allez, on se parle peut-être demain, mon amie. J'ai plus le temps, là !
Moi : …

Je capote ! Je n'en reviens pas ! Je suis écarlate ! Je fulmine ! Je bous ! J'enrage !

Je vais lui en faire moi une ville mythique ! Quelle mouche l'a piqué, pour qu'il se permette de me critiquer comme ça, tout à coup ? Il se fout de moi ou quoi ? Je voudrais bien le voir, lui, coincé ici avec ma mère ! Grrr...

22 H

Couchée avec Éléphanteau, je regarde le plafond de ma chambre. Bah ! Après tout, il a peut-être un peu raison, Gino. Je m'amuse bien, ici. D'autant plus que j'ai fait la connaissance de Piet. Je me demande bien pourquoi j'ai réagi si vivement. Je culpabilise peut-être un peu du fait que je me pâme sur Piet au lieu de penser à Gino jour et nuit. Non, ça n'a pas de bon sens, ce que je dis là. Gino n'est qu'un ami, au même titre que Gina. Alors, qu'est-ce qui m'a pris ? Je me demande si je ne suis pas un peu fru[L] parce que Gino n'a pas dit qu'il s'ennuyait de moi, lui aussi. Il faudra que j'en parle avec Gina...

Lundi 2 novembre

9 H

Aujourd'hui, maman « insiste fortement » pour m'emmener faire un tour au marché aux puces qui a lieu tous les lundis matin au Noordermakt depuis 1627. J'ai bien de la misère à croire qu'il y avait déjà des marchés aux puces à cette époque. Ma mère dit qu'on y vendait même déjà des vêtements usagés. Bof! Moi, je n'aime pas tellement les choses usagées. Maman, elle, dit que nous courons la chance de tomber sur de véritables trésors. Permettez-moi d'être sceptique...

Le vrai hic, c'est que la température a considérablement refroidi depuis hier. Lorsque j'ai mis le nez sur le pont de la péniche, autour de 8 h 30 ce matin, l'air glacial m'a transpercée. Il va nous falloir plusieurs couches de vêtements, j'ai l'impression.

— On n'a qu'à bien s'habiller, déclare ma mère.

— Ça veut dire quoi “bien s’habiller” ?

— Mets ton chandail de laine écru par-dessus un t-shirt à manches longues et enfile ta veste en jeans doublée avec un foulard. Prends aussi une tuque[L] et des mitaines.

— Tu me niaises ? Je vais avoir l’air d’un ours. C’est ce que tu appelles “être bien habillée” ?

— Tu auras l’air d’une ado qui a une tête sur les épaules, voilà tout ! tranche-t-elle.

— Grrr... D’accord pour la veste et le foulard, mais pour la tuque et les mitaines, oublie ça.

Ma mère ne daigne même pas répondre mais, au moment de quitter la maison, je la vois mettre ma tuque écrue et les mitaines assorties dans son sac à main. On verra qui des deux a la tête la plus dure... Par contre, le foulard me donne un look bohème très amstellodamois, je trouve. Très chic ! Il est long et je peux l’enrouler plusieurs fois autour de mon cou. Enfin, comme ma mère et moi portons la même taille de chaussures, je lui emprunte ses bottes cavalières en cuir brun pour compléter mon look. *Chill !* En plein ce dont j’ai besoin pour avoir l’air d’une étudiante de quinze ou même seize ans en vacances. ☺

10 H

Brrr… Tu parles d'une idée que de tenir un marché extérieur au beau milieu de l'automne ! Heureusement que le soleil brille et que les étalages nous coupent un peu du vent.

Maman est super excitée parce que, en plus des fripes, il y a des étals de tissus, de literie et de linge de maison. Youhou ! Elle adore dépenser pour ce type de choses presque autant que pour des chaussures… Même si je ne partage pas son enthousiasme au même degré, je dois cependant avouer que c'est vrai qu'il y a d'autres beaux trucs. Je craque pour un foulard en patchwork tout en soie.

— Il est rudement cher, ma chatounette.

— Mais maman, il est teeellement beau que je vais certainement le porter toute ma vie. Je pourrais même te le prêter parfois, si tu veux.

— À condition qu'il me plaise aussi, grommelle-t-elle.

— Oh ! Je t'en prie, ma petite maman d'amour, dis oui ! Je le veux TELLEMENT !

— Ça va, ça va. Mais ne viens pas te plaindre, quand nous rentrerons à la maison, du fait que nous sommes complètement ruinées.

Sacrée maman ! Il faut toujours qu'elle exagère. Je me demande pourquoi elle proteste tant puisqu'elle finit toujours par m'offrir ce que je demande. Oups ! Mais qu'est-ce que je vois là-bas ?

Avant même que ma mère ait eu le temps de sortir son portefeuille, mon attention est attirée par quelque chose d'autre.

— Viens donc voir par ici, m'man !

De l'autre côté de l'allée, je viens d'apercevoir un étalage de sabots de bois multicolores. Oubliant le foulard en patchwork, je vole vers le stand suivant. Ayoye ! C'est trop cool ! Il y en a des rouges, des bleus et des verts. Ils sont TROP beaux. Dessus, des dessins sont peints à la main : tulipes, moulins à vent ou personnages portant le costume traditionnel. J'en veux absolument une paire !

— Je croyais que tu voulais "TELLEMENT" ce foulard en patchwork.

— Il était pas mal, c'est vrai, mais ces sabots sont trop mignons. Tu crois qu'il est possible de les essayer ?

— Tu sais, poussinette, j'ai l'impression qu'il s'agit plus de sabots destinés à être accrochés au mur que de véritables chaussures.

— Dans ce cas, pourquoi le vendeur et sa compagne en portent-ils tous les deux ?

La jeune femme s'approche justement de nous en souriant. Lorsque ma mère lui demande en anglais s'il s'agit de véritables chaussures, elle

répond par l'affirmative et pointe du doigt la paire qu'elle porte.

— *Do you want to try some like mines ?* demande-t-elle gentiment.

En moins de temps qu'il n'en faut pour dire « moulin à vent », j'ai une magnifique paire de sabots bleus ornés de tulipes rouges aux pieds. Hum ! Quand j'essaie de marcher, je comprends cependant que ce n'est pas aussi facile que ça en a l'air quand la vendeuse les porte. Qu'à cela ne tienne, j'en veux quand même une paire !

— *How much is it ?* l'interroge ma mère.

— *Forty euros,* répond la jeune femme.

Exactement le même prix que le foulard en patchwork. Lorsque maman me demande de choisir entre les deux, je n'hésite pas une seconde. Gino et Gina me trouveront trop cool avec ces chaussures aux pieds ! Comme il me reste encore de l'argent de poche, j'achète moi-même trois petits sabots miniatures montés en porte-clés. J'en choisis un rouge pour Gina, un bleu pour Gino et un jaune pour moi. Trop cool ! ☺

— Bon, assez dépensé en achat de souvenirs pour aujourd'hui, m'man. (Est-ce vraiment moi qui dis cela ?) Allons voir du côté de la nourriture, tu veux ? J'ai faim, j'ai mal aux pieds et mon sac est lourd.

— Juste une minute, ma puce. Regarde ce qu'il y a là-bas.

Elle pointe du doigt un étalage de tulipes.

— Je crois qu'elles sont en bois. Elles sont superbes ! Allons voir, veux-tu ? J'aimerais bien en acheter pour décorer ta chambre.

— Vas-y toi, je t'attends ici, je suis fatiguée.

C'est vrai, quoi. Je trottine derrière elle depuis des heures !

11 H

En attendant que ma mère se décide, je lève une fesse pour venir la déposer sur la table où sont disposés les sabots multicolores.

— *Kijk uit*[1] !

— Attention, Juliette, cette table n'est pas assez...

— *Careful ! Don't sit down there !*

— Hein, quoi ?

Qu'est-ce qu'ils ont tous à s'exciter comme ça ?

Oups !

Badaboum ! Katch ! Kaboum ! Klang ! Bang !

— Ayoye !

C'est que je me suis fait mal ! Avant que la fin de la mise en garde de ma mère n'ait atteint mon esprit, je perds pied et me voilà par terre en compagnie d'une quarantaine de paires de sabots de toutes les couleurs, dont quelques-uns me sont tombés sur la tête avant de s'éparpiller sur le sol des allées avec grand fracas. Portant la main à mon crâne, je découvre que trois ou quatre mini-sabots en forme de porte-clés se sont accrochés à mes cheveux. Le gentil couple de tout à l'heure m'invective en agitant les bras tandis qu'un petit attroupement est en train de se former autour de nous. Évidemment, personne ne me demande si

1. Attention !

ça va de mon côté… Grrr… (C'est vrai quoi ! J'ai peut-être une fracture du crâne, là !)

— Euh, que s'est-il passé, au juste ?

— Oh ! Julieeette ! Il s'est passé que cette table était une simple planche posée sur deux tréteaux. Ton poids a fait basculer la planche et maintenant, regarde ce gâchis !

Bon, bon, si le coin de cette table n'a pas été pensé pour recevoir les fesses des clients, il faut un écriteau pour les en avertir. Vous ne croyez pas ? En attendant, les propriétaires du stand continuent à me houspiller comme du hareng pourri… Misère ! Je tente tant bien que mal de me relever avec dignité. J'ai chaud, tout à coup. Évidemment, ma mère est occupée à se confondre en excuses.

— *I'm really really really sorry for my daughter. Sometimes, she does the things without reflexion !*

C'est ça, remets-en, ma petite maman. La HONTE ! Elle est où, ma tuque, que je me l'enfonce bien profondément sur la tête jusqu'à ce que mes yeux disparaissent ?

12 H

Pour nous remettre de nos émotions, nous décidons de luncher à la foire alimentaire du marché. Je vois des tas de choses appétissantes que j'ai envie d'essayer. Ben quoi ? Rien ne sert de ressasser ses mauvais coups et il n'y a rien de mieux qu'un p'tit repas pour se remettre d'émotions fortes. Heureusement que je me sens l'esprit aventureux aujourd'hui, parce que je ne repère aucune trace de mon plat préféré dans les environs de toute façon... Maman m'explique qu'en raison du grand nombre d'immigrants venus depuis plusieurs décennies d'Asie et du Moyen-Orient, les habitudes alimentaires des habitants des Pays-Bas ont été profondément transformées. Je choisis des petites brochettes de poulet satay avec du riz, tandis que maman opte plutôt pour des nouilles frites au porc. La sauce qui accompagne mon poulet est un peu étrange 😛, mais c'est pas si pire. Comme boisson, maman me commande un jus de litchi, tandis qu'elle choisit un thé chai. Je goûte les deux et décrète qu'ils sont tous les deux délicieux !

13 H

De nouveau dehors, en moins de temps qu'il n'en faut pour crier « *chill* », j'ai les doigts et les oreilles glacés. Je me demande si je ne ferais pas mieux de réclamer les gants et la tuque que maman a dans son sac. Hum... Non, ça va aller !

— Dis, maman, on rentre là, ou bien ?

— Il est bien trop tôt. Je pensais plutôt t'emmener voir le Pianola de l'autre côté du marché.

— Le quoi ? Pas encore un musée, j'espère ! C'est qu'il fait un peu froid, là. Je préférerais rentrer finalement...

— On rentrera après, c'est tout près. Allez, ne te fais pas prier.

— Grrr...

(En tout cas, ça me permettra peut-être de me réchauffer un peu.)

13 H 30

Finalement, la visite s'avère plus intéressante que je ne l'aurais pensé. Le Pianola Museum (car c'est bien un musée, même si ma mère a évité de le dire !) possède une gigantesque collection de pianos mécaniques ! Ces instruments-là fonctionnent tout seuls, c'est-à-dire qu'il n'y a qu'à choisir ce qu'on veut entendre, insérer un rouleau dans le ventre du piano et écouter la musique de Mozart, de Bach ou de Beethoven. C'est tellement drôle ! On peut même s'asseoir devant et faire semblant d'être un virtuose tandis que les touches s'enfoncent et se relèvent toutes seules. J'ai pris des leçons privées pendant tout mon cours primaire, mais j'ai trouvé ça tellement difficile ! Il me semble que ce serait moins compliqué si on se procurait un de ces pianos mécaniques. J'en fais la proposition à maman, mais elle ne semble pas trouver que c'est une bonne idée.

— Voyons donc, pitchounette, au prix que m'ont coûté tes leçons, tu vois bien que cette idée n'a pas de bon sens.

Évidemment, avec les adultes, tout est toujours une question d'argent... C'est ça qui n'a pas de bon sens, il me semble ! (Elle était amusante mon idée, non ?)

14 H

La visite terminée, nous rentrons enfin à la maison. Je dois mettre mes mains sur mes oreilles pour éviter qu'elles ne tombent tellement elles sont gelées ! Brrr... Maman finit par sortir ma tuque et mes mitaines de son sac à main, mais il n'est pas question de les enfiler maintenant. J'ai mon orgueil quand même !

Piet doit venir me chercher autour de 15 h 30, et ma mère dit qu'elle a « un million » de choses à faire avant l'arrivée de Joris... La belle affaire ! J'imagine qu'elle veut dire qu'elle doit se laver les cheveux, se coiffer, se maquiller et essayer sa garde-robe de voyage en entier avant de décider ce qu'elle va porter pour aller au restaurant avec le père de Piet. Je m'en vais faire la même chose, tiens ! Et c'est moi qui ai priorité sur la salle de bain étant donné que Piet sera là bien avant Joris ! ☺

15 H 35

Piet est décidément plus qu'adorable. Lorsqu'il est arrivé, il tenait à la main un joli bouquet d'hydrangées mauves. Rien que pour moi ! Les fleurs à la main, je suis restée plantée là pendant un moment, rose de plaisir, me demandant ce qu'il fallait que j'en fasse. Devais-je les emporter avec moi ou les laisser à la maison ? Devais-je l'embrasser ou seulement le remercier ? Ne sachant sur quel pied danser, je crois que j'ai dû avoir l'air un peu tarte, d'autant plus que ma mère, la très chère, n'a pas pu s'empêcher de mettre son grain de sel.

— Piet, mon ami, quelle joie de vous revoir ! s'est écriée maman. Vous avez apporté un bouquet ? Que c'est gentil à vous ! Ne reste pas là, va vite mettre ces fleurs dans un vase rempli d'eau, choupinette !

— C'est ce que je m'en allais faire, justement, ai-je rétorqué en tournant vivement les talons, un peu vexée. Pfff !

— Entrez donc un moment, Piet !

— Merci, madame Bérubé.

— Voulez-vous enlever votre manteau ?

— Ce n'est pas la peine, je crois.

— Alors, où emmenez-vous ma Juliette ?

— J'ai pensé que nous pourrions aller nous promener sur le Dam avant qu'il ne fasse nuit. Nous pourrons y manger un petit quelque chose avant d'aller au cinéma.

— Je suis prête, dis-je.

— Mieux vaut te couvrir la tête et les mains, Juliet. Il va faire froid, ce soir.

— Non, ça va aller, je crois. Nous sommes sorties, ce matin, et je n'ai pas du tout eu froid, hein, m'man !

— Permets-moi d'insister, *kameraadje*. En novembre, la température a tendance à baisser radicalement pendant la soirée.

(Non mais, qu'est-ce qu'ils ont tous à vouloir me coller une tuque sur la tête ? C'est un complot ou quoi ?)

— Ta tuque et tes mitaines étaient dans mon sac, poussinette. Les voilà !

— Fais-moi plaisir, Juliet, montre-moi ton joli minois avec ce bonnet.

À contrecœur, je me résigne à mettre la mauzusse[L] de tuque. Dire que j'ai réussi à l'éviter tout l'après-midi et que c'est ce soir, alors que je sors avec Piet, que je vais être obligée de la porter! Grrr… Ma vie est réellement un enfer!

— J'avais raison, tu es tout à fait mignonne avec ce bonnet, *kameraadje*.

— Qu'est-ce que je te disais? Tu es adorable, poussinette!

(C'est ça. Moquez-vous de moi!) 😠

16 H

Piet est venu à vélo. Il a attaché celui-ci à un arbre, juste devant notre péniche. Nous partons à pied en direction du Dam. J'aime bien l'atmosphère de cet endroit et je suis heureuse d'être là. À cette heure, il y a beaucoup de jeunes et l'ambiance est très différente de samedi après-midi. La jeune fille qui travaillait à reproduire un tableau de Van Gogh sur le sol n'est plus là mais, à la place, il y a un garçon en train de dessiner la chambre de Vincent. Je la reconnais tout de suite étant donné que j'ai vu le tableau au musée Van Gogh avec Piet pas plus tard qu'hier. À côté, trois filles jouent une très jolie musique au violon. Si jolie que les étuis de leurs instruments sont à moitié pleins d'euros déposés là par les passants. Un peu plus loin, deux garçons et une fille sont déguisés en statues. Habillés, coiffés et maquillés de noir et de blanc, ils restent impassibles et ne bougent pas d'un poil même lorsque nous tentons de les faire réagir en les regardant dans les yeux ou en leur faisant des grimaces. Ils imitent une statue de la Liberté, un Charlie Chaplin et une espèce de Frankenstein blanc ou quelque chose y ressemblant. Je me demande comment ils font pour rester si longtemps sans bouger ! Moi, je n'y arriverais jamais. J'aurais bien trop le fou rire, c'est certain ! Çà et là, d'autres jeunes assis derrière de petits présentoirs de fortune vendent des bijoux en argent ornés de pierres semi-précieuses, des foulards et des bracelets de cuir. Tout me fait envie ! Je souris toute seule. C'est si bon de pouvoir me promener sans ma mère dans cette ville étrangère. C'est comme si j'étais soudain beaucoup plus âgée ! Et puis, j'ai l'impression qu'il fait pas mal moins froid que cet après-midi. (C'est vrai qu'avec un chapeau sur la tête et des mitaines aux mains, ça fait peut-être une petite différence. Mais ça, je ne l'admettrai pas !) Je ressens une bouffée de reconnaissance envers Piet.

17 H

— Tu as faim, Juliet ?

— Un peu.

— Tu veux goûter la spécialité des Pays-Bas ?

— Peut-être. C'est quoi ?

— Du hareng frais.

Je réprime à peine une grimace dégoûtée.

— C'est du poisson ?

— Oui. Viens, je vais te montrer.

Me prenant par la main, Piet m'entraîne vers un kiosque de restauration de rue où plusieurs clients font la file. Une jeune fille leur sert quelque chose dans une barquette en carton. En m'approchant, je découvre qu'il s'agit en effet de petits poissons entiers, c'est-à-dire avec la tête encore attachée au corps. (Ark-que !) Après avoir fait la file à son tour, Piet revient vers moi avec deux barquettes. Il m'en tend une et garde l'autre, puis, sans crier gare, il renverse la tête en arrière et, tenant le poisson par la queue, il le fait descendre au fond de son gosier et l'avale tout entier, la queue, la tête et les yeux y compris. Je réprime un haut-le-cœur. (Bon sang ! Il ne faut pas que je sois malade ici, mais c'est vraiment trop beurk et re-beurk ! Ils sont fous, ces Néerlandais !)

— Finalement, je n'ai pas si faim que je l'imaginais. Tu veux le mien aussi ? dis-je à Piet.

Il rit.

— Tu préférerais peut-être un cornet de frites avec de la mayonnaise ?

— Oui. Bonne idée !

Sauvée par les frites. Ouf ! Je l'ai échappé belle, on dirait ! Le kiosque de frites est juste de l'autre côté de la place. Je ne me fais pas prier pour engloutir mon cornet en entier. C'est, à mon avis, la seule façon d'oublier le spectacle de Piet en train de gober coup sur coup les deux harengs non étêtés…

— Tu veux goûter aussi les crêpes à la crème de marron ?

— C'est bon ? demandé-je, un peu méfiante.

— La crème de marron est sucrée et goûte un peu la vanille. Je crois que tu aimeras.

Le kiosque de crêpes est situé juste à côté de celui où l'on vend les frites. L'odeur est délicieuse et l'eau me vient instantanément à la bouche. J'adore les crêpes ! Piet en achète deux pour chacun. Hum ! Les crêpes sont si fines qu'elles fondent dans la bouche. Piet avait raison, le goût de la crème de marron, bien qu'il ne ressemble en rien au sirop d'érable, est très sucré et me plaît bien.

— Tu as encore faim, *kameraadje* ?

— …on. …erci …eaucoup !

(Quelle idée de me poser la question alors que j'ai la bouche pleine ! De toute façon, je suis si remplie que je vais devoir rouler jusqu'à notre prochaine destination.)

18 H

Le cinéma où m'emmène Piet s'appelle le cinéma Tuschinski. Il est situé sur Reguliersbreestraat. Mon ami dit qu'il s'agit de l'un des plus vieux cinémas d'Amsterdam et qu'il a été inauguré en 1921. En fait, l'endroit ressemble plus à une salle de spectacle qu'à un cinéma traditionnel. J'ai presque l'impression que nous sommes à l'opéra ! Mais ce qui me surprend le plus, c'est qu'on n'y vend ni pop-corn, ni boissons gazeuses en fontaine.

— Tu veux boire quelque chose, Juliet ?

— Oui, mais quoi ? Je n'aime pas tellement le Coca-Cola, moi…

Au comptoir de restauration, on ne sert que des bonbons, des chocolats, des chips, de la crème glacée Häagen-Dazs, du café, du chocolat chaud, de la bière (beurk !), du vin (re-beurk !) et de l'eau minérale. Je choisis un sac de petits chocolats emballés individuellement et un chocolat chaud. Ça fait rire Piet, je me demande bien pourquoi…

— Je vois que tu aimes le chocolat, hein, Juliet ?

— Ben quoi ?

Je me demande bien ce qui l'amuse ! Bon, on va le voir ce film, ou non ?

19 H

Ce qu'il y a de génial avec le cinéma, c'est que les lumières de la salle demeurent éteintes pendant toute la durée du film. Piet va peut-être me prendre la main ; ou me passer le bras autour des épaules ; ou m'embrasser ! Je l'espère, parce que le film est en version originale anglaise avec des sous-titres en néerlandais. Si jamais je m'y perds, autant avoir quelque chose à faire !

19 H 30

Le film est commencé depuis plus d'une heure et, malgré le fait que je pousse des petits cris d'effroi chaque fois que Katniss en voit de toutes les couleurs, il ne se passe rien entre Piet et moi. Il a les yeux rivés sur l'écran et rien ne semble pouvoir l'en distraire. À plus d'une reprise, je me suis pourtant rapprochée de lui, collant mon épaule contre la sienne, en particulier pendant les moments les plus angoissants… Peine perdue ! Là, j'attends impatiemment le moment où Katniss et

Peeta vont enfin s'embrasser, ça inspirera peut-être mon ami !

20 H

Je savais que mes héros préférés s'en sortiraient vivants ! Ce que j'ignore, par contre, c'est ce qui cloche chez Piet. À moins que ce ne soit chez moi que quelque chose ne va pas… *OMG !* J'ai peut-être mauvaise haleine ? Je ne sais pas où j'ai vu ça, mais il paraît que le truc, c'est de souffler dans le creux de sa main, puis de vite y mettre le nez pour sentir. Tentant de me faire discrète, je souffle dans ma paume droite avant d'approcher mon nez. Je ne discerne rien du tout, si ce n'est l'odeur des chocolats que j'avale depuis le début de la représentation. Oh là là, quelle angoisse ! Et si je ne plaisais tout simplement pas à Piet ? Et s'il ne m'avait sortie ce soir que par politesse ? À moins que ce ne soit par pitié parce que j'étais condamnée à passer la soirée toute seule, alors que maman et Joris avaient prévu batifoler… Merdouille, si seulement j'avais une connexion Internet pour pouvoir chatter avec Gina et lui demander ce qu'elle pense de la situation ! Lorsque les lumières se rallument, je me compose un visage neutre.

— Le film t'a plu, Juliet ?

— Oui, beaucoup. Et à toi ?

— J'ai beaucoup aimé les effets spéciaux. Tu es fatiguée ?

— Non, pas du tout.

— Il vaut tout de même mieux rentrer. Si tu veux, je repasse te prendre demain soir et on sortira plus tard. Je t'emmènerai voir la maison d'Anne Frank. Je pense que ça te plaira. Mais là, j'ai un examen demain matin et je dois étudier un peu avant d'aller au lit.

— Hum ! Je comprends...

Grrr... La vérité, c'est que je ne comprends rien du tout, justement. Quel pied, ce Piet !

20 H 30

Il m'a ramenée à la maison et m'a fait ses adieux devant la péniche en me donnant simplement un baiser sur la joue droite avant de détacher le cadenas de son vélo, d'enfourcher son engin et de disparaître dans la nuit après m'avoir proposé de m'emmener demain visiter un musée. Eille ! Je vais m'évanouir tellement je suis contente ! Je fulmine intérieurement oui, et pas rien qu'un peu !

Comble de malchance, devinez qui m'attend dans une voiture sur le quai devant la péniche ? Ma mère, la très chère ! Et dans quelle position, je vous le demande? Enlacée avec Joris, dans la voiture de ce dernier, et en train de l'embrasser sur la bouche! Beurk! On aura tout vu! Je suis tellement fru! Pourquoi elle et pas moi? J'ai pourtant treize ans (bientôt quatorze), pas douze...

21 H 30

Une fois douchée et en pyjama, je vais voir si Gina est sur Facebook, histoire de passer ma frustration quelque part. Il est quelle heure là-bas? Il est 15 h 30 tapantes. Elle vient probablement d'arriver de l'école et doit être en train de faire ses devoirs. La pauvre, quand même! ☺

Moi: Gina? T'es là?
Gina: Jules!
Moi: Tu fais quoi?
Gina: Un torpinouche[L] de devoir de maths. Pis, je comprends rien! T'es chanceuse en titi[L] de pas être là.
Moi: Je suis désolée!
Gina: Désolée de quoi?
Moi: Ben, de pas être là...
Gina: Pourquoi? Ça ne se passe pas bien aux Pays-Bas?
Moi: Je déteste les Pays-Bas!

Gina : Lol. Pourquoi ?
Moi : Je déteste Piet Ennenga !
Gina : Lol ! Piet ou Pierre ? Ça s'écrit vraiment comme ça ! Avec un t ? C'est qui ? Le troisième beau gars dont tu m'as parlé samedi ?
Moi : Beau, fallait le dire vite.
Gina : Lol. Mais qu'est-ce qui s'est passé au juste ?
Moi : Ben, on est allés au cinéma.
Gina : Pis, il a essayé de t'embrasser ?
Moi : Non, justement !
Gina : Et tu es fâchée contre lui à cause de ça ?
Moi : Je me sens si mal. Tu crois qu'il me trouve laide ou quelque chose comme ça ?
Gina : Jamais de la vie, voyons, Jules ! T'es belle comme un cœur. C'est peut-être parce qu'il te respecte trop...
Moi : Tu crois ?
Gina : Ben, ça se peut. Il a été gentil ?
Moi : On peut dire ça, oui. Il m'a apporté des fleurs, des hydrangées.
Gina : Cool ! Quoi d'autre ?
Moi : Jusqu'à hier, il me vouvoyait au lieu de me tutoyer.
Gina : Sans blague ?

Moi : Sans blague. Tu crois que ça veut dire qu'il ne s'intéresse pas à moi ?
Gina : S'il t'a apporté des hydrangées et qu'il t'a emmenée au cinéma, c'est qu'il s'intéresse à toi. Ça, c'est certain. Pourquoi ferait-il ça ? Moi, je trouve qu'il a l'air très romantique, ton gars.
Moi : C'est vrai qu'il a un petit air démodé.
Gina : Tu le revois quand ?
Moi : Demain. On va à la maison d'Anne Frank.
Gina : Tu vas visiter la maison où a vécu la fille du livre qu'il nous a fallu lire au cours d'histoire ?
Moi : Ouais.
Gina : C'est malade !
Moi : Tu trouves ?
Gina : J'aimerais tellement ça, voir ça !
Moi : Ah bon ! Dommage que tu ne sois pas là. Tu me manques, Gina.
Gina : Tu me manques aussi, Jules. ☹
Moi : Je vais avoir 1001 trucs à te raconter quand je rentrerai.
Gina : Je n'en doute pas. Mais là, il faut que j'aille aider ma mère à préparer le dîner. Elle vient de m'appeler.

Moi : À demain, alors ! Je vais essayer d'être là à la même heure.
Gina : D'accord ! À demain ! Bisous, mon amie.
Moi : Bisous.

Mardi 3 novembre

9 H

Avant d'aller au lit hier soir, ma mère a décrété officiellement que je pouvais faire la grasse matinée ce matin. Enfin ! Du fond de mon lit, Éléphanteau bien calé au creux de mon bras, j'écoute le bruit de la pluie qui rebondit sur le toit de métal de la péniche. Quelle heure est-il à Québec ? Il est 3 h du matin. Gina et Gino dorment encore et ne se lèveront pour aller à l'école que dans quatre heures. L'école me semble soudain une notion bien lointaine. Par contre, je ne refuserais pas d'y aller ce matin rien que pour passer la journée avec mes amis. Quoi qu'il en soit, j'ai encore quatre heures de dodo devant moi…

11 H

Cette fois, c'est une odeur de bacon grillé et d'œufs frits qui me réveille.

— Julieeet-te ! Es-tu réveillée ?

— Oui, m'man.

— Viens prendre le petit déjeuner. Il y a du chocolat chaud, du bacon, des toasts et des œufs frits. Ça te dit ?

— Oui, m'man.

Bon, ben, j'pense que je vais me lever finalement. Je prends encore le temps de m'étirer longuement et de bâiller un peu, puis je sors une jambe après l'autre et je passe à la salle de bain avant d'aller rejoindre ma mère pour le petit déjeuner.

— On fait quoi aujourd'hui, m'man ?

— Rien. Il pleut et j'ai envie de profiter de la maison. Ça te dit ? J'ai de la lecture en retard et un texte à rédiger. Tu as de quoi t'occuper ?

— Ben, j'ai mon livre à finir pour le cours d'histoire la semaine prochaine, là.

— Bien.

13 H

Le journal d'Anne Frank me coupe le souffle. J'ai peine à croire ce que je lis. Dire que cette histoire se passe à Amsterdam. Difficile d'imaginer être confronté à la guerre à treize ans. Pourtant, je sais qu'en ce moment même, des jeunes de mon âge subissent ce calvaire. La faim, la peur, la culpabilité... Alors qu'elle ne l'était pas, Anne Frank se pensait à l'abri. Je suis particulièrement bouleversée par ce passage écrit par la jeune fille, le jeudi 19 novembre 1942 :

Comme nous sommes bien ici, à l'abri et au calme. Nous pourrions fermer les yeux devant toute cette misère, mais il y a ceux qui nous étaient chers, et pour lesquels nous craignons le pire, sans pouvoir les secourir. Dans mon lit chaud, je me sens moins que rien, en pensant à mes amies les plus chères, arrachées à leurs foyers et tombées dans cet enfer. Je suis prise de peur à l'idée que ceux qui m'étaient si proches sont maintenant livrés aux mains des bourreaux les plus cruels du monde. Pour la seule raison qu'ils sont juifs.

15 H

Je n'arrive plus à décoller mes yeux de ce livre. Ce journal est à la fois captivant et tellement incroyable. Ça me rend un peu triste de penser que tout ce qui y est écrit est arrivé pour de vrai. Il pleut toujours. Je me demande si Piet viendra quand même...

17 H 45

Il est tombé des trombes d'eau tout l'après-midi mais, comme par magie, la pluie s'arrête à l'instant même où se font entendre trois petits coups discrets à la porte d'entrée de la péniche. C'est Piet ! Évidemment, il est trempé de la tête aux pieds. L'eau dégouline de ses cheveux et de son nez, rebondit sur ses chaussures avant de glisser sur le sol pour former de petites flaques. Trop mignon !

— Mon parapluie s'est retourné, annonce-t-il piteusement.

— C'est ce que je vois. Pauvre Piet, enlevez votre imperméable un moment, je vais aller vous chercher une serviette ! annonce ma mère avant de tourner les talons.

Sous son imperméable noir, Piet porte une veste chaude en drap de laine grise, un cardigan noir, une très jolie chemise en velours côtelé à motifs paisley mêlant le rose, le mauve et le vert, et un foulard vert forêt. Je le trouve très cool, très séduisant ! (Ce soir, c'est MON soir. Je vais l'avoir ce baiser !)

— Désolé pour le retard, Juliet.

— Il n'y a pas de quoi. Tu veux toujours m'emmener visiter la maison d'Anne Frank ?

— Bien sûr. Chose promise, chose due. Tu en as envie ?

— Euh !

J'allais lui dire que j'aurais préféré aller manger une pizza quand ma mère, la très chère, refait son apparition, une serviette à la main.

— Voilà pour vos cheveux, Piet. Alors, vous vous occupez de choupinette pour la soirée ?

— Ma-man ! (De grâce, tous ces « choupinette » devant Piet ! C'est trop la honte ! Pas moyen de conserver un peu de dignité avec elle ! Heureusement, mon ami ne semble pas avoir saisi le ridicule dont elle me couvre.)

— Absolument, madame Bérubé ! répond-il. Si nous nous dépêchons, nous aurons le temps de faire le tour de la maison d'Anne Frank avant la fermeture. Je pensais ensuite emmener Juliet manger une pizza, enfin, si vous n'y voyez pas d'inconvénient.

Cool ! Comment a-t-il fait pour deviner ? Il est franchement génial ☺. Après avoir séché rapidement ses cheveux à la serviette, Piet rend celle-ci à ma mère puis remet son imperméable qui a à peu près fini de s'égoutter sur le plancher.

— Hum, tout cela va vous faire rentrer bien tard, il me semble.

— Nous serons de retour avant 23 h, je vous en donne ma parole.

(À 11 h ? Ma mère ne voudra jamais ! Que les fées et les licornes me viennent en aide !)

— Hum, je suis d'accord, mais soyez prudents, les enfants.

— Ma-man ! On n'est plus des enfants.

— Peut-être pas Piet, mais toi, tu n'as toujours que treize ans, pitchounette ! Allez ouste, dépêchez-vous si vous ne voulez pas vous cogner le nez sur la porte du musée.

— Merci, passez une belle soirée, madame Bérubé.

— 'soir, maman.

— Bonne soirée !

Je ne peux pas croire que j'ai la permission d'être dehors jusqu'à près de minuit dans une ville étrangère, et ce, sans ma mère sur les talons ! Yahoo ! Ça va être le party ! Il fait nuit noire depuis une bonne heure déjà. Malgré mon enthousiasme, je frissonne sous ma veste en coton ouaté. Maman m'a forcée à mettre mon imperméable jaune pardessus. Celui qu'elle m'a acheté en sixième année pour aller au camp de vacances. J'ai l'impression d'être ridicule, d'autant plus que les manches sont trop courtes et que j'ai remis ma tuque écrue et les mitaines assorties. Aaah ! Y a jamais rien de parfait dans la vie ! Une fois dans Prinsengracht, Piet marche à grandes enjambées. Comme mes jambes sont pas mal moins longues que les siennes, je dois trottiner pour le suivre ; je ne tarde donc pas à me réchauffer...

18 H

On accède à la maison d'Anne Frank par un bâtiment tout neuf, situé à l'angle de la rue Prinsengracht, au numéro 267. Le hall est spacieux et éclairé, mais le musée est constitué en majorité d'une suite de petites pièces à l'intérieur des bâtiments anciens jouxtant la maison dans laquelle se trouve l'annexe. Piet dit qu'il faut généralement faire longuement la file avant de pouvoir entrer. Je ne sais pas si c'est à cause de l'heure tardive ou de la température maussade, mais c'est rapidement notre tour. Fort heureusement, parce que la pluie a repris de plus belle !

18 H 05

À l'entrée, on trouve des dépliants d'interprétation dans une dizaine de langues différentes, y compris le français. Il paraît que ce musée reçoit plus d'un million deux cent mille visiteurs chaque année. Wow ! C'est du monde ça ! Mon imperméable jaune étant mouillé, je le roule en boule avant de le jeter au fond de mon sac à dos, avec ma veste en coton ouaté, ma tuque et mes fameuses mitaines. Voilà. Ainsi, je serai plus à l'aise.

18 H 15

Avant de commencer la visite, on nous projette un film avec des images des gens dans les camps de concentration. Pas très gai ! Piet a loué pour moi un audioguide et les commentaires sont disponibles en français. Ce que je vois et entends m'horrifie. Comment des êtres humains peuvent-ils être aussi cruels envers d'autres êtres humains ?

Passant de pièce en pièce avec Piet, j'en apprends plus encore sur l'histoire des occupants et sur leur vie ici. Aux murs, des extraits du journal d'Anne évoquent sa vie quotidienne et celle des autres habitants clandestins de l'annexe. Plusieurs photos sont affichées et quelques objets sont en vitrine. On appelle « annexe » la partie de la maison, située au numéro 263 de Prinsengracht, où Anne Frank et sept autres personnes se sont cachées pendant vingt-cinq mois, avant d'être dénoncées en août 1944.

Les panneaux d'interprétation sont en néerlandais et en anglais. Heureusement que j'ai mon audioguide ! En lisant mon dépliant et en écoutant la bande son, j'apprends qu'Anne est née en Allemagne, à Francfort, en 1929. Ça veut dire qu'elle aurait plus de quatre-vingt-cinq ans aujourd'hui si elle avait vécu ! Anne et ses parents étaient de religion juive. Toute sa famille a d'abord dû fuir l'Allemagne en raison de la haine qu'Adolf Hitler, le chef du parti nazi, vouait aux Juifs, qu'il accusait d'être responsables de tous les problèmes dont souffrait le pays à l'époque. Les Frank se sont donc installés aux Pays-Bas où ils ont vécu tranquillement pendant quelques années, avant de devoir disparaître de la circulation, après l'invasion des Pays-Bas par les Allemands. Alors que des rumeurs rapportaient que les Juifs d'Allemagne étaient déportés dans des camps de concentration, ceux d'Amsterdam devaient dorénavant porter l'étoile jaune de David bien en vue sur leurs vêtements. Cette étoile faisait d'eux des cibles faciles que l'on n'hésitait pas à agresser pour un oui ou pour un non. À partir de 1940, les Juifs n'eurent plus le droit de prendre les transports en commun ou d'entrer dans la plupart des magasins, cafés, restaurants, piscines et patinoires. Anne et sa sœur, Margot, durent également changer d'école et faire face à de nombreuses difficultés.

En juillet 1942, la famille d'Anne reçut une lettre des autorités allemandes stipulant que Margot devait se livrer afin de rejoindre un camp de « travail ». La terreur ! Les Frank firent rapidement quelques bagages et entrèrent dans la clandestinité en allant se cacher dans l'annexe située en haut des bureaux de l'entreprise du père d'Anne. Heureusement, ils purent compter sur l'aide des employés qui risquèrent leur vie tous les jours afin que les huit habitants clandestins de l'annexe puissent avoir la vie sauve. Quel courage !

L'horreur a pourtant fini par rattraper les occupants de l'annexe. Les yeux agrandis par l'épouvante, j'apprends qu'ils ont tous été transportés dans des camps de concentration. Ces endroits, aussi appelés « camps de la mort » étaient des lieux où les Juifs devaient travailler jusqu'à la mort par épuisement, ou jusqu'à ce qu'on les extermine dans des chambres à gaz. Je trouve abominable ce qu'ont subi ces pauvres gens sous le prétexte qu'ils étaient de religion juive. Je suis atterrée.

Les histoires tristes finissent par me déprimer et nous n'avons pas encore tout vu !

18 H 35

— Dis, Piet ?

— Oui, Juliet.

— On pourra visiter les pièces où ils étaient tous cachés ?

— Bien sûr. Seulement, il va falloir se dépêcher parce que le musée ferme à 19 h et que l'on demande aux visiteurs de se diriger vers la sortie à partir de 18 h 50. Viens.

Piet me prend la main pour m'entraîner rapidement vers la porte qui donne accès à la fameuse annexe. La visite commence par celle des bureaux. Dans le fond d'une de ces petites pièces, situées au premier étage de l'édifice, une bibliothèque montée sur charnières pivote astucieusement pour dévoiler une porte cachée. Derrière la porte monte un étroit escalier. Mon cœur s'accélère quand je mets le pied sur la première marche. Qu'allons-nous trouver en haut ?

18 H 40

Surprise ! L'intérieur est complètement vide… Il faut dire que les pièces sont bien petites. Malgré le dépouillement des lieux, je me sens suffoquer ! Le manque de lumière accentue encore l'impression de captivité et d'enfermement. Comment huit personnes ont-elles pu vivre ensemble dans un si petit espace ? Ça me dépasse !

— Mais, où sont donc passés les meubles et les objets utilisés par les clandestins ?

— Les Allemands ont tout raflé quand ils ont découvert la cachette, m'explique Piet. Lors de l'ouverture du musée, en 1960, le père d'Anne a jugé qu'il valait mieux que cela demeure ainsi.

— Oh !

Au premier étage de la cachette, il y a une salle de bain microscopique, la petite pièce réservée à Edith et Otto Frank ainsi qu'à leur fille aînée, Margot, et la chambre minuscule que partageait Anne avec monsieur Pfeffer. Dormir dans la même chambre que ses deux parents, ça doit être dur, mais dormir avec un vieux monsieur que l'on connaît à peine, ce doit être un véritable cauchemar !

À l'étage suivant, je découvre une grande pièce beaucoup plus éclairée. Le jour, elle servait à la fois de cuisine et de salle à manger. La nuit, c'était la chambre à coucher de monsieur et madame van Pels. Plus loin, sur le palier menant au grenier, se trouve la chambre de Peter, le fils des Van Pels. C'est là qu'Anne le rejoignait… Je ne peux pas croire que je suis là ! Je cherche le regard de Piet. Pensif, il ne semble même pas remarquer ma présence. Je soupire. Tant pis pour mon t-shirt rose !

18 H 50

Retentissant soudainement, un signal sonore me fait sursauter.

— Qu'est-ce que c'est que ça ? m'exclamé-je.

— Il est l'heure de se diriger vers la sortie, *kameraadje*.

— Il nous reste combien de temps ? Nous ne sommes là que depuis cinq minutes, il me semble. Donne-moi encore cinq autres petites minutes, s'il te plaît, Piet ! Je veux revoir la chambre d'Anne.

— Tu vas nous attirer des ennuis, petite fille. Les gens ici sont particulièrement disciplinés lorsqu'il s'agit de ponctualité.

Redescendant à l'étage réservé à la famille Frank, je constate que l'endroit a effectivement déjà été déserté mais, piquée au vif par le « petite fille », je me permets de traîner les pieds et réponds vertement :

— Ne sois pas si ennuyeux. Ce ne sont pas cinq petites minutes qui changeront vraiment quelque chose. Je n'ai pas eu le temps de tout voir.

C'est vrai quoi ! Y a quand même pas le feu ! 😐

18 H 55

Aux murs de la chambre à coucher d'Anne, les coupures de magazines, les photos de stars du cinéma de l'époque et les quelques cartes postales en noir et blanc que l'adolescente avait collées sont toujours là. L'émotion me prend à la gorge. Cette maison n'abritait pas que la peur, elle protégeait aussi une fille de mon âge qui, tout comme moi, aimait le cinéma et les acteurs de son époque, qui rêvait probablement d'amour et s'ennuyait certainement de ses copains et copines de classe.

Mon ami ne répond pas, mais il a soudain l'air soucieux. Je m'en rends à peine compte, transportée que je suis dans l'univers d'Anne Frank. Je prends mon temps et regarde chacune des photos qu'elle avait choisies pour décorer l'espace au-dessus de son lit. Mon sac à dos commençant à se faire lourd, je le dépose par terre à mes pieds.

— Bon, ça suffit. Vite Juliet, les portes vont se refermer derrière nous !

— Ça va, ça va. Je viens. Lâche-moi !

Piet m'ayant agrippée par le bras, je me tortille dans tous les sens pour lui échapper.

— *What are you doing here?* lance une voix encore plus impatiente que celle de Piet.

C'est un gardien venu faire le tour des petites pièces, afin de s'assurer que tous les retardataires regagnent la section moderne de l'édifice, où sont situées les dernières salles et, surtout, la boutique, la cafétéria et la sortie. Prise par surprise par le ton de voix autoritaire de l'individu, je me calme aussitôt et me laisse entraîner beaucoup plus docilement. Il n'a pas l'air commode, le gardien. Dommage ! J'aurais bien voulu passer plus de temps dans la chambre d'Anne.

19 H

— *OMG !* J'ai oublié mon sac à dos dans le grenier !

— Quoi ?

— Je ne peux pas sortir d'ici en t-shirt ! Je dois y retourner. Attends-moi ici. Je cours le chercher et je reviens.

— Juliet, non ! Attends !

Avant que Piet n'ait le temps de réagir, j'ai déjà tourné les talons et monte les marches deux par deux, pour retourner dans l'annexe maintenant déserte. Heureusement, ni le gardien de tout à l'heure ni les autres en train de pousser les touristes vers la sortie ne m'ont vue passer. Je n'aime pas me faire crier après ! Sans réfléchir, je vais jusqu'au grenier. Une fois là, je remarque que mon sac à dos n'y est pas. Quelqu'un l'aurait-il ramassé ? Piet fait irruption à son tour.

— Juliet ! Mon Dieu, mon amie. Il faut vite retourner en bas ! La porte va se refermer sur nous dans moins d'une minute !

— Mais je ne trouve pas mon sac !

— Viens, je crois l'avoir aperçu sur le sol de la chambre d'Anne.

Dépitée, je suis Piet un étage plus bas. Effectivement, c'est là que nous retrouvons mon sac, au moment même où toutes les lumières s'éteignent.

— Qu'est-ce que c'est ? Qu'est-ce qui se passe ? m'écrié-je.

— Cette section du musée ferme quinze minutes avant le reste du bâtiment, répond mon ami. Prie pour que je me trompe, mais il y a de fortes chances pour que nous nous trouvions enfermés ici.

— Tu rigoles ?

— Pas du tout. Allez, viens !

19 H 05

Dégringolant quatre à quatre les marches de l'escalier menant au bureau où se trouve la bibliothèque masquant l'entrée de la cachette, nous retenons notre souffle. Arrivés en bas, nous devons nous rendre à l'évidence : la porte est fermée à clé et la bibliothèque a repris sa place, de l'autre côté.

Je sens la sueur perler sous mon nez et couler le long de mes tempes.

— On n'est quand même pas enfermés ici pour de vrai ?

— Il semble que ce soit malheureusement le cas, petite fille.

Mon cœur s'étant mis à battre la chamade, je ne relève pas l'insulte.

— Tu te moques de moi pour te venger du fait que je me suis traîné les pieds, là, non ?

— Pas du tout. Et crois bien que je le regrette !

Incrédule, je ne trouve rien à dire de plus intelligent que :

— On fait quoi, alors ?

— On crie, ma belle. C'est le moment de faire entendre ta jolie voix.

Tambourinant de mes deux poings sur la porte, je me mets à hurler :

— Hé, oh ! Y a quelqu'un ? Nous sommes là ! Nous sommes prisonniers derrière la porte ! Au secours !

Joignant sa voix et ses poings aux miens, Piet fait encore plus de bruit que moi. Peine perdue, semble-t-il. Après cinq minutes de ce tapage, personne n'est encore venu nous délivrer.

19 H 15

— Je pense que tout cela est inutile, *kameraadje*. Mieux vaut conserver notre énergie pour réfléchir.

— Ce n'est pas possible, enfin ! Si nous crions, quelqu'un va nous entendre, non ?

Je prends conscience qu'une pointe d'hystérie perce dans ma voix. Mes mains sont moites et, pour dire la vérité, la sueur coule sous mes aisselles, la tête me tourne et je me mets à trembler légèrement. Je ne supporte pas d'être enfermée où que ce soit ! Je veux sortiiir !

— Je ne crois pas que ce soit si simple, Juliet. Le son a tendance à monter plutôt qu'à descendre, et cette bibliothèque derrière la porte doit étouffer le bruit que nous faisons.

— Et si nous tapions du pied ? Il doit certainement rester du monde en bas !

— On peut toujours essayer.

Nous nous mettons à taper fort des pieds sur le sol, mais celui-ci est malencontreusement recouvert de moquette. Pas de chance, ce fichu tapis semble lui aussi absorber les sons...

— C'est de la moquette insonorisante. Elle a été conçue justement pour que les visiteurs du premier n'entendent pas le va-et-vient dans cet escalier, fait remarquer Piet, l'air morose. Cesse de taper du pied, Juliet, ça ne sert absolument à rien. Il ne doit rester des gens que deux étages plus bas, à la sortie.

— On pourrait essayer de cogner sur les murs, suggéré-je, résolument optimiste.

— Et risquer d'abîmer le plâtre d'un bâtiment classé trésor patrimonial ? Certainement pas, jeune fille ! Allons plutôt jeter un coup d'œil par les fenêtres, là-haut.

— Bonne idée !

Retrouvant un peu le moral, je remonte les marches à tâtons, mon ami sur les talons. Dans la chambre des parents d'Anne, nouvelle déception. Une grille de métal protège la fenêtre, et empêche nos mains d'accéder au mécanisme d'ouverture. Même chose dans la chambre d'Anne. À l'étage au-dessus, dans la grande pièce, la fenêtre est aussi protégée par une grille. La même déception nous attend au grenier.

— Oh ! Piet ! Je suis tellement désolée ! fais-je, piteuse.

— Ce n'est rien, petite Juliet. C'est plus ma faute que la tienne. Je n'aurais pas dû t'écouter.

Il a dit cela sans me regarder dans les yeux. Je voudrais rentrer six pieds sous terre ! Moi et ma mauzusse d'habitude de me mettre les pieds dans les plats ! Nous voilà prisonniers et seuls tous les deux ! Peut-être bien pour la nuit entière ! C'est affreux ! Enfin... euh ! Je veux dire, c'est terrible... ou plutôt, c'est épouvantable. Enfin, vous voyez ce que je veux dire... Nos parents vont s'inquiéter et tout ! (Pourquoi diable ne puis-je soudain réfréner un vague sourire de béatitude ? ☺)

Jetant de nouveau un coup d'œil à la fenêtre de la pièce où se retrouvaient jadis Peter et Anne, nous nous apercevons que la pluie a redoublé d'ardeur et que la rue est déserte. Il fait si sombre qu'on ne distingue pas grand-chose. Les quelques passants que nous apercevons pressent le pas en regardant le sol, abrités sous leurs parapluies gris. Il n'y a rien à voir et très peu de chances pour que quelqu'un lève les yeux vers nous. Dans l'immeuble en face, c'est-à-dire de l'autre côté de la rue, personne ne se tient aux fenêtres et peu d'entre elles sont éclairées. Et quand bien même des gens se trouveraient de l'autre côté, comme l'intérieur de l'annexe est dans la pénombre, ces voisins ne pourraient pratiquement pas nous apercevoir. Même l'éclairage de la rue ne se rend pas jusqu'à nous ! En soupirant, nous prenons le parti de cesser de résister et de nous asseoir par terre. Galamment, Piet étend son imperméable sur le sol.

— Ton bel imperméable, il va être tout sale !

— Ça n'a aucune importance, assieds-toi, *kameraadje*.

Le ton de Piet s'est passablement adouci. Quant à moi, je ne suis pas fâchée de me reposer un moment. Toutes ces émotions m'ont scié les jambes ! Je me laisse littéralement tomber par terre. Ouf ! Quelle soirée !

— Pi-èèè-èt ?

— Oui, Juliet ?

— J'ai l'impression que c'est fichu pour la pizza, hein ?

Mon ami esquisse à peine un sourire.

— J'en ai bien peur, malheureusement, *kameraadje*.

19 H 30

Fouillant dans les poches de mon imperméable jaune, je découvre une tablette de chocolat que j'ai dû oublier là il y a plus d'un an. Bof ! Pas grave. Le chocolat, c'est toujours bon ! Non ? ☺

— Tu veux partager avec moi, Piet ?

Le jeune homme me sourit de nouveau. Je craque complètement quand il sourit. Des centaines de fausses rides se creusent de chaque côté de son visage, allant de ses yeux à ses tempes, jusqu'au milieu de ses joues. J'adore !

— Tu es rudement gentille, petite fille. Il faut me pardonner de m'être montré impatient, tout à l'heure.

— Je te pardonne si tu cesses de m'appeler “petite fille”. J'ai treize ans, pas trois !

Son sourire se transforme en éclat de rire. La main en l'air, il poursuit :

— Tape-là, jolie Juliet, je te promets de ne plus te traiter en enfant.

— Et moi, je jure d'écouter tes avertissements la prochaine fois que nous viendrons ici.

La bouche pleine de chocolat au goût un peu bizarre, nous scellons notre pacte d'un retentissant *high five*…

20 H 30

L'avantage de se retrouver coincée pour la nuit avec un beau gars dans un lieu sans confort et sans électricité, c'est qu'au moins… on est avec un beau gars ! ☺

— Juliet ?

— Oui, Piet.

— Euh ! Tu n'aurais pas un jeu de cartes avec toi, par hasard ?

— Euh ! Je regrette, mais je n'avais pas pris conscience ce matin en m'habillant que j'aurais besoin d'un jeu de société pour passer au travers de ma soirée.

—Hum ! C'était pas évident, non. Pardonne-moi.

—Il n'y a pas de quoi.

—De toute façon, il fait trop sombre.

—Hein ?

—J'ai dit : de toute façon, il fait trop sombre.

—Pour quoi faire ?

—Ben, pour jouer aux cartes !

— Oh ! Hummm…

(Grrr… Je me demande ce qu'il attend pour m'embrasser. Après tout, j'aurai bientôt quatorze ans, ciboulette ! Ne vient-il pas de promettre de ne plus me traiter en enfant ? C'est quoi son problème ?)

21 H

Il fait effectivement aussi noir que dans un four ici ! La fenêtre n'éclaire que faiblement nos deux silhouettes. En l'absence d'une autre option, je m'attarde à tenter de distinguer les murs près de nous et les lattes du plancher. Ça me fait quand même quelque chose de comprendre que c'est ici qu'a vécu la véritable Anne Frank pendant deux ans. Ça donne froid dans le dos quand on s'arrête à y penser… Mieux vaut se concentrer sur autre chose !

— Dis, Piet ?

— Oui, Juliet ?

— Tu veux bien me parler un peu de toi ?

— Que veux-tu savoir, mon amie ?

— Je ne sais pas. Quels sont tes plats favoris ? Tes matières préférées à l'école ? Comment sont tes amis ? Aimes-tu danser ? As-tu une copine ?

J'ai posé la dernière question en retenant mon souffle et en ne regardant Piet que d'un œil. Que va-t-il penser ? Contre toute attente, il se met à rire.

— Tu en poses des questions, mon amie. Alors, d'accord. En hiver, mon plat favori est l'*erwtensoep*. C'est une soupe aux pois et à la saucisse. Celle de ma tante Saskia est particulièrement délicieuse. En été, je mangerais du poisson tous les jours si je le pouvais. Surtout du hareng.

(J'ai ben vu ça hier. Beurk !)

— Ma matière préférée au collège est l'histoire et j'aime beaucoup danser. Tu connais Martin Garrix ?

— Euh ! non.

— C'est un célèbre disc-jockey néerlandais.

— Ça ne me dit rien.

— Les jeunes aiment beaucoup danser sur sa musique, ici.

Il sourit.

— J'aime bien danser, moi aussi.

— Mes deux meilleurs amis s'appellent Christiaan et Christyntje. On fréquente le même collège. Ils sont formidables. La dernière fille avec qui je suis sorti s'appelle Juliana. Sa mère est d'origine indonésienne et son papa, néerlandais. (Il me sourit.) Elle est très jolie, mais pas autant que toi, et elle m'a quitté au début de l'été dernier pour sortir avec un autre gars. Il est *drummer* dans le band de mon collège. Il paraît que ça plaît bien aux filles. J'ai eu du mal à accepter cette rupture, mais maintenant, ça va.

— Oh ! Je suis sincèrement désolée.

— Ce n'est rien, *kameraadje*. Et toi ?

J'aurais dû me douter qu'il allait me poser la question. Je rougis comme un homard qu'on vient de plonger dans l'eau bouillante ! Pis, là ? Je réponds quoi ? Que je ne suis jamais vraiment sortie avec un garçon depuis que Ludovic Boutin m'a déclaré son amour lors de mon party d'anniversaire en première année ? Il y a bien quelques gars qui m'ont embrassée sur la bouche pendant la dernière année, mais rien de bien sérieux. À moins que je ne lui parle de Gino ? Je rougis de plus belle. Non, entre Gino et moi, il n'y a encore rien. Il faudra peut-être que je me décide un jour à lui avouer mes sentiments… Et puis, non ! Plutôt mourir que de me faire dire qu'il ne me voit que comme une sœur. Mais, et lui, Piet, il me voit comment ?

— Juliet ?

— Hein, quoi ?

— Tu es partie sur la lune ?

— Non. Euh ! Je veux dire, oui. Dis, Piet, tu ne voudrais pas m'appeler Jules ?

Il éclate de rire.

— Pourquoi ?

— Tous mes amis m'appellent Jules. Je n'aime pas trop Juliette. Ça rime avec mauviette, serviette et raclette.

— Moi, je trouve que c'est très joli, Juliet, mais si ça te fait plaisir, je vais t'appeler Jules. Il n'y a pas de problème !

Cool ! Je lui fais mon plus beau sourire. ☺

— Et tes amis, ils sont comment ?

— Mes meilleurs amis s'appellent Gino et Gina.

— Quels drôles de prénoms ! Encore plus étrange que Jules...

— Tu trouves ?

Il sourit, puis change brusquement de sujet :

— Tu aimes l'histoire, Juliet, euh, je veux dire, Jules ?

Je fais la grimace.

— Pas trop, non... C'est loin d'être ma matière préférée, à l'école, en tout cas. Mon ami Gino, lui, il est imbattable, mais moi, le moins qu'on puisse dire, c'est que je suis plutôt poche dans cette matière.

— Tu es quoi ?

— Euh ! Poche. Ça veut dire que je ne suis pas très bonne.

— Tu aimerais cela si tu te sentais plus concernée.

— Vraiment ?

— Tu te rends compte que cette fille, Anne, avait exactement le même âge que toi lors de son arrivée ici ? Son copain Peter avait le même âge que moi.

— Euh, oui. J'ai entendu ça dans mon audioguide, aujourd'hui. Ils avaient treize et seize ans.

— Tu comprends que tous les deux ont finalement terminé leur vie dans un camp de concentration quelques semaines seulement avant la libération d'Amsterdam par les forces alliées ?

Les paroles de Piet me font de nouveau frémir d'horreur. Et puis réfléchir aussi. Je me souviens d'un passage du journal d'Anne, dont j'ai lu un bout au lit, hier avant de m'endormir, où elle raconte qu'il y a des rumeurs concernant l'extermination des juifs dans les camps de concentration :

La radio anglaise parle d'asphyxie par le gaz. Je suis complètement bouleversée[1].

Mon Dieu ! Comment peut-on avoir mon âge et être terrorisée à l'idée de finir sa vie dans une chambre à gaz ? C'est une abomination !

— Dis, Piet, mon grand-père faisait partie de ces forces alliées qui sont venues délivrer Amsterdam, tu crois ?

1. 9 octobre 1942.

— J’en suis même certain. Et c’est ce qui explique l’attachement de ma tante Saskia à ton grand-père, et sa joie de vous avoir à la maison toutes les deux, ta mère et toi.

— Oh !

La photo que m’a montrée ma mère une semaine avant notre départ pour Amsterdam me revient en mémoire. Comment mon grand-père pouvait-il sourire ainsi à pleines dents s’il savait qu’il était là pour risquer sa vie, qu’il devait partir sous peu pour Oldenberg, en Allemagne et qu’il n’existait aucune garantie qu’il s’en sorte vivant ?

— Nos deux familles sont liées depuis plus de soixante-dix ans, *kameraadje*.

— Liées comment ?

— Liées par l’amour, la compassion et l’amitié. Les seules choses qu’aucune guerre n’arrive à détruire.

21 H 15

L’espace de quelques secondes, un quartier de lune vient éclairer le visage de mon ami. Il a l’air tout ce qu’il y a de plus sérieux. Je voudrais répondre quelque chose d’intelligent ou de mémorable, mais rien ne vient. Ou plutôt, j’ai les mots sur le bout de la langue, et au moment où je vais les trouver, un nuage vient de nouveau cacher la lune et le visage de Piet disparaît dans la pénombre. Bah ! Tant pis. Je serai mémorable une autre fois. ☺

21 H 20

Soudain, un terrible craquement suivi d'un grand « boum » retentit.

— Aaah !

J'ai poussé ce cri sans réfléchir ! Le bruit m'a terrifiée... Et puis, sans m'en rendre compte, je me suis précipitée dans les bras de Piet.

— Ce n'est rien, Jules, ce n'est que le tonnerre. C'est bien comme ça qu'on dit en français ? Le tonnerre ?

— Tu es certain ? On aurait dit que quelque chose d'énorme était tombé sur le toit de la maison. Le bruit était tellement fort. Aaah !

Voilà que ça recommence ! Et si ce n'était vraiment pas seulement l'orage ?

— Ce n'est rien. Là, là. La foudre a dû tomber quelque part. Nous sommes à l'abri ici.

Piet resserre un peu son étreinte pour me rassurer. Et il fait si sombre dans cette maison ! Et puis, j'ai un peu froid. Et j'ai faim. Ce n'est pas aussi amusant que je l'aurais cru, d'être coincés ici... Enfin, jusqu'ici.

— Mais tu trembles, mon amie. Tu as froid ?

— Un peu…

Il prend mes mains dans les siennes.

— Tes mains sont glacées !

Piet enlève sa veste pour la mettre sur mes épaules. Je lui en sais gré. Malgré moi, je m'aperçois que je claque des dents. Brusquement, un bruit épouvantable me fait sursauter. J'ai l'impression que mon cœur va jaillir de ma poitrine et mes mains redeviennent moites. On aurait dit le son d'une explosion ou, pire, celui de l'effondrement d'un bâtiment. Mon Dieu ! Qu'est-ce que c'est que ça ? La déflagration résonne une nouvelle fois. S'il s'agit réellement du tonnerre, je ne l'ai jamais entendu si fort à Québec. Le seul fracas comparable a peut-être eu lieu l'été où ma mère et moi avions loué un chalet au Lac-Saint-Jean, lorsque j'étais encore petite. J'avais couru me réfugier dans un garde-robe et maman avait eu beaucoup de difficulté à m'en faire sortir. Je déteste les bruits trop forts. Ça me fait peur.

— Pauvre petite fille, ne crains rien.

Bien serrée contre mon ami, je suis moins effrayée, mais j'aimerais vraiment qu'il cesse de m'appeler « petite fille ». Je suis une adolescente, pas un bébé. Aaah ! Encore ce mauzusse de tonnerre !

— Tu crois que quelqu'un viendra nous secourir, Piet ?

— Ce soir ?

— Ben ouais, ce soir !

— Je ne crois pas qu'on viendra nous ouvrir, ce soir, ma toute belle. Il faudra vraisemblablement passer la nuit ici. N'aie pas peur, ça se passera très bien.

— Vraiment ?

Mon cerveau part dans toutes les directions. Il n'y a même pas de lits dans cette maison ! On ne pourra jamais dormir. Pas question que je ferme un œil avec ce vacarme. Comment ça se fait que je me retrouve toujours dans des situations rocambolesques, moi ? Il m'a appelée comment Piet, juste là ? « Ma toute belle »... Ça me semble tout un progrès par rapport au « petite fille » de tout à l'heure. Quand je vais raconter cette histoire à Gina, elle va avoir de la misère à me croire. D'ailleurs, on devait se reparler sur Messenger, ce soir, et je ne serai pas là. Je me demande si elle va s'inquiéter. Et Gino lui ? Y a-t-il des chances pour qu'il pense à moi ?

21 H 40

Là, ça y est. L'orage s'est installé pour de bon. J'ai l'impression que ça risque de durer toute la nuit. Le tonnerre, les éclairs, le vent qui claque contre la fenêtre, il n'y a rien là d'amusant. ☹ Lorsque la foudre tombe quelque part ou que le tonnerre se déchaîne, je recommence à trembler de la tête aux pieds. Heureusement, Piet me tient bien fort contre lui. Les éclairs qui déchirent le ciel illuminent la pièce quelques secondes, me permettant de voir son visage. Il a l'air si calme ! Je ne sais pas comment il fait. Chaque fois que le tonnerre gronde, moi, j'ai l'impression de vivre un bombardement. Comment Anne Frank pouvait-elle bien endurer ce tapage ? Parce que, pendant son séjour ici, ce sont de véritables bombes qu'elle entendait tomber... *OMG !* Je ne voudrais jamais voir mon pays en guerre. Quelle angoisse ! Et puis quelle injustice aussi...

21 H 55

Subitement, une sirène hurle. Je sursaute violemment et place mes mains sur mes oreilles pour assourdir le bruit.

— Aaah ! Mais qu'est-ce que c'est que ça ?

— C'est une ambulance, *lieverd,* à moins qu'il ne s'agisse d'une voiture de pompiers ou de police.

— Tu crois qu'on vient nous arrêter ?

Le jeune homme éclate de rire.

— Non, *lieverd,* je ne crois pas. Ce n'est rien. N'aie pas peur.

— Ça veut dire quoi "lieverde" ?

— En français, ça signifie "mon cœur". Je te trouve adorable, Jules. Tu es la petite sœur dont j'ai toujours rêvé.

(Hein ? Quoi ? Ai-je bien entendu ? Sa petite sœur, moi ? Le choc ! On aura tout vu ! Je fais des efforts surhumains pour attirer son attention et tout ce qu'il trouve à dire, c'est que je suis le portrait craché de la petite sœur de ses rêves ? Trop POCHE ! GRRR… Cette soirée est un véritable gâchis !)

— Tu veux que je te raconte une histoire, *kameraadje* ?

— Bonne idée !

J'espère que la rapidité de ma réponse ne lui a pas fait mauvaise impression. Je sais que les histoires, c'est pour les bébés, mais le climat est sordide ici et j'ai vraiment besoin de me changer les idées. Si seulement j'avais Éléphanteau dans mon sac à dos ! (Ben quoi ? Pour me réconforter, il n'a pas son pareil !) Et puis, tant qu'à jouer les petites sœurs, autant le faire jusqu'au bout…

—Il s'agit d'une histoire au sujet de ton grand-père. Je l'ai entendue la première fois de la bouche de ma grand-tante et de celle de ma grand-mère, lorsque j'étais tout gamin. Aux Pays-Bas, on dit que se souvenir du passé est primordial si on veut faire les meilleurs choix possibles en ce qui concerne son avenir. Lors des réunions de famille, il y a toujours une personne âgée pour raconter les anecdotes importantes, celles qui ont compté dans l'histoire de la famille. En ce qui concerne la Seconde Guerre mondiale, par exemple, nous, les Néerlandais, croyons avoir un devoir de mémoire. Nous pensons qu'il est important de garder bien vivant le souvenir de ce qui s'est passé à cette époque afin de pouvoir agir pour que cela ne se reproduise plus jamais.

Les paroles de Piet me laissent pensive. Je connais très peu l'histoire de ma propre famille. Maman dit toujours qu'il faut aller de l'avant dans la vie. Pourtant, j'ai toujours voulu en savoir davantage… Ça me semble tellement drôle de penser que ma mère et ma grand-mère ont déjà eu mon âge. Ça me paraît incroyable en fait.

—Et cette histoire, au sujet de mon grand-père ?

—En fait, tante Saskia et mon père ont fait la connaissance de ton grand-père les premiers.

Ça s'est passé au mois de mai 1945. Les soldats canadiens venaient de libérer Amsterdam après l'un des hivers parmi les plus rudes de l'histoire du pays. Les Pays-Bas ont été envahis par l'armée allemande en mai 1940, malgré le désir de neutralité de notre pays. La reine et le gouvernement s'étaient exilés à Londres et les nazis dirigeaient le pays. Pendant cette période, cent mille Juifs ont été déportés vers des camps de concentration, mais ce n'est pas tout. L'ennemi avait instauré un système de travail obligatoire contraignant tout homme de dix-huit à quarante-cinq ans à travailler dans les usines allemandes qui étaient régulièrement bombardées par l'aviation alliée. Enfin, la nourriture était rationnée et se faisait rare. Les gens avaient faim puisque la majorité des aliments produits aux Pays-Bas étaient envoyés en Allemagne.

— Oh ! C'est donc ben révoltant !

(On m'a déjà raconté de plus belles histoires, il faut bien le dire ! Déjà que je DÉTESTE les films de guerre.)

— Tu as raison, c'était tout à fait inqualifiable. Pire encore, quiconque était surpris à cacher des Juifs pendant cette période était passible de la peine de mort.

— C'est atroce ! Ils étaient donc ben horribles, ces nazis-là !

— Oui, c'est le cas de le dire. Il a fallu aux Alliés beaucoup de courage et de nombreux combats très difficiles avant qu'ils ne réussissent à libérer le pays. Pour empirer les choses, le dernier hiver, celui de 1944-1945, a été glacial. Plus de 30 000 personnes sont mortes de faim, de froid ou de maladie, cet hiver-là. Il n'y avait plus rien à manger au pays. C'était la famine. On dit que certains habitants en étaient réduits à manger les bulbes de leurs tulipes...

— Tu me niaises ?

— Quoi ? Que dis-tu ? Ça veut dire quoi "niaise" ?

(Euh ! Je réalise que je ne me suis jamais posé la question...)

— Rien. Laisse tomber ! C'est tellement horrible ce que tu me racontes que j'ai du mal à le croire. Mais, et mon grand-père, dans tout ça ?

— Oui. J'y arrive. On m'a raconté qu'après la Libération, ton grand-père a été affecté à une mission de ravitaillement pour venir en aide à la population affamée. Un jour qu'il était en permission...

— Ça veut dire quoi "permission" ?

— En congé, si tu veux. Un jour qu'il n'était pas de service, vers la fin du mois de mai, il a été témoin d'un incident. De la nourriture avait été distribuée ce jour-là et mon grand-père, qui avait à peu près mon âge à l'époque, s'était rendu à pied au lieu de distribution, sur le Dam, avec ma tante Saskia qui n'avait pas plus de sept ans. On leur avait remis de la farine, du bœuf salé en conserve, du sucre, des biscuits durs et des pommes de terre. C'était inespéré, un vrai panier de Noël ! Ils étaient sur le chemin du retour vers la maison lorsqu'ils ont été attaqués par deux hommes bien décidés à leur voler leurs provisions. Ces hommes ont roué mon grand-père de coups. Tante Saskia a bien tenté de les en empêcher et d'appeler à l'aide, mais ils l'ont jetée par terre sans ménagement et Dieu sait ce qu'ils auraient pu lui faire. Heureusement, c'est à ce moment-là que ton grand-père, sorti de nulle part, est intervenu ! Il s'est porté à la défense de mon grand-père et de ma tante et a réussi à chasser les malotrus en distribuant des coups de poing et en hurlant. Il faut dire qu'à la différence de mon propre grand-père, il était plutôt bien nourri, quoique guère plus musclé. Ensuite, ton grand-père a insisté pour raccompagner ses protégés chez eux, allant même jusqu'à porter tante Saskia sur ses épaules. Une fois arrivé à la maison, mon grand-père, dont le père était décédé, a raconté à sa mère comment le "brave soldat canadien" était venu à son secours et à celui de sa petite sœur.

La pauvre femme a fondu en larmes de reconnaissance. Il paraît que ton grand-père a passé la nuit à la maison, ce soir-là, et qu'au matin, il a offert son chandail chaud à son nouvel ami ainsi que tout l'argent qu'il avait dans les poches. Mon grand-père et le tien avaient à peu près le même âge. Ils se sont réellement liés d'amitié. À partir de ce jour, ton grand-père est passé voir le mien chaque fois qu'il en a eu l'occasion, jusqu'à son retour au Canada. Ensuite, ils se sont écrit pendant quelques années, et puis mon grand-père a cessé d'avoir des nouvelles. Il en a été très peiné. Ma tante Saskia raconte que ton grand-père était très gentil avec elle aussi, qu'il la portait constamment sur ses épaules, qu'il lui offrait des paquets de gomme à mâcher ou des barres de chocolat et qu'il l'appelait affectueusement "boucles d'or" ou *zusje*, qui veut dire "petite sœur". Il a joué le rôle de second grand frère, quoi. Tous les ans, au printemps, lorsque nous célébrons la libération du pays par les troupes alliées, ma tante Saskia me raconte cette histoire. Sa plus grande déception a été qu'il ne revienne jamais au pays pour l'épouser.

— Oh ! Tu veux dire qu'elle était amoureuse de lui ?

— Une amourette d'enfance, je pense.

— Oh ! Moi, je n'ai pas connu mon grand-père, mais j'aurais bien voulu.

— Je te comprends, *kameraadje*. Ma tante dit qu'il était très intelligent et qu'il avait le plus beau des sourires. Je ne l'ai vu qu'en photo, mais je dirais que toi et ta mère avez ce même sourire. Un très beau sourire. J'ai remarqué que tu étais très intelligente aussi. Je ne serais pas surpris que tu aies hérité de toutes ses qualités.

— Oh !

Je ne sais pas trop quoi répondre. Je suis émue, je pense. Piet a dû sentir mon embarras parce qu'il change de sujet.

— Allez, mon amie. Il se fait tard et il faut songer à dormir.

— Hein ?

Et s'il y avait des araignées sur les murs autour de nous ? 😨 Il ne faut surtout pas que je pense à ça ! En tout cas, pas question que je dorme sur ce plancher inhospitalier ! De toute façon, je ne veux pas perdre une seule minute du temps que je vais passer en tête à tête avec Piet. Et si nous étions au début d'une grande histoire d'amour ? Je ne vais tout de même pas m'endormir !

22 H 55

À mon grand désarroi, je réprime difficilement mon envie de bâiller. Ce n'est pas que les histoires des années 1940 ne m'intéressent pas, mais toutes ces émotions m'ont un peu fatiguée et mes paupières me semblent lourdes, soudainement. Le tonnerre s'est tu, il n'y a plus d'éclairs, et la pluie, qui continue de s'abattre sur la fenêtre au-dessus de nous, nous berce d'un bruit de fond monotone. Je finis par me décider à m'allonger en chien de fusil sur l'imperméable de Piet. Il se couche contre mon dos et passe son bras autour de moi, après avoir replacé sa veste sur mon épaule. En matière de confort, ce n'est pas le Hilton, mais je n'ai plus froid et, en guise d'oreiller, Piet a glissé sous ma tête mon propre imperméable jaune roulé en boule. Ça ira. Je trouve que nous sommes dans une position un peu embarrassante, mais pas du tout désagréable… Il fait toujours aussi sombre et j'ai de plus en plus de misère à garder les yeux ouverts. *OMG !* J'y pense ! Ma mère doit être dans tous ses états ! Et puis, non. Pas du tout justement. Je peux refermer les yeux, elle ne nous attend pas avant 23 h, Piet et moi. Oh là là ! Quelle galère ! Telle que je la connais, maman risque de retourner la ville à l'envers avant l'aube quand elle se rendra compte que nous ne rentrons pas ! Elle est très gentille, souvent très drôle, et j'ai beaucoup de chance de l'avoir comme mère, mais elle aurait été capable de faire peur à Hitler lui-même si elle l'avait soupçonné de me faire du mal ! Enfin, j'exagère peut-être. Il est fort possible que dans ce cas, comme la mère d'Anne Frank, maman aurait été impuissante à me protéger. Cette pensée est si triste que je préfère la repousser. Quoi qu'il en soit, je suis bien contente d'être née au Canada au XXIe siècle, moi ! Je me demande quand même si maman va réveiller la tante Saskia et le père de Piet… Il n'y a pas grand-chose que je puisse faire pour empêcher le carnage !

Mes pensées s'emmêlent tout à coup. Ça risque de ne pas être long avant que je ne tombe dans les pommes. J'espère que je ne vais pas me mettre à ronfler. Quelle honte ce serait ! Maman dit que je ronfle un peu quand je suis malade. Heureusement que je ne suis pas malade aujourd'hui… Pour l'instant, mon nez a l'air de fonctionner normalement, mais si jamais j'ai attrapé le rhume, je n'ai rien pour me moucher ! À moins que je ne me serve de ma manche… Non. Piet risquerait de s'en apercevoir et je perdrais complètement la face. Parfois aussi, je m'endors la bouche ouverte et je retrouve un peu de bave sur mon oreiller. Ça serait drôlement embêtant que ça m'arrive ce soir. Mon Dieu, ayez pitié ! Faites que ma bouche demeure bien fermée pendant que je dors, parce que je m'endors TELLEMENT.

— Ça va, Jules ?

— Zzzzzzz…

— Bonne nuit, ma belle amie. Fais de beaux rêves…

Mercredi 4 novembre

6 H

Je rêve que Piet et moi avons été faits prisonniers et qu'on nous emmène dans un camp de « travail ». Bizarrement, je n'ai pas peur parce qu'Anne Frank et son ami Peter sont avec nous. Anne me chuchote à l'oreille que si je n'ouvre pas la bouche, il ne m'arrivera rien de mal. Je ne suis pas certaine de la croire, surtout que Piet et moi sommes soudain séparés et que je sens un froid glacial m'envahir le dos. Et puis, il y a ces voix qui se font de plus en plus fortes. Des hommes parlent vite et haut dans une langue que je ne comprends pas ! Le problème, c'est que mes paupières sont fermées et que je n'arrive pas à les ouvrir. J'ai tellement sommeil ! Et puis, une main se pose sur mon épaule et j'entends la voix de Piet.

— Allez, Jules, mon amie, il faut ouvrir les yeux.

Mais je n'en ai pas envie parce que les autres voix se font de plus en plus furieuses. À contre-cœur, je finis par ouvrir les yeux.

—Nous avons de la visite, mon amie.

—Hein ?

Je secoue la tête de droite à gauche pour tenter d'éloigner le sommeil pour de bon. Où sommes-nous ? Soudain, je me souviens. Piet et moi avons passé la nuit ensemble dans la maison d'Anne Frank…

—Il est quelle heure, là ?

—J'imagine qu'il doit être autour de 6 h. Les gens qui font le ménage le matin sont là, Juliet.

Me redressant en position assise, je constate que Piet est déjà debout. Sur le seuil, deux hommes nous dévisagent avec l'air de ne pas savoir quoi faire. L'un d'eux interroge Piet, qui répond calmement à toutes les questions.

—Oh ! Que vont-ils nous faire ?

Je suis un peu inquiète, là !

—Ces hommes sont originaires d'Indonésie, répond Piet en se tournant vers moi, et ils ne parlent que quelques mots de néerlandais. Mais j'ai compris qu'ils disent qu'ils vont devoir appeler la police. C'est un peu embêtant, mais j'imagine que c'est la chose logique à faire.

—Quoi ? Pour quoi faire la police ?

Je me mets promptement debout et passe rapidement la main sur mes vêtements pour enlever toute trace potentielle d'araignées qui auraient pu venir y tisser leurs toiles pendant la nuit. Ark-que !

— Ce n'est rien de grave, ne t'inquiète pas ! Les policiers vont venir constater sur place ce qui se passe et nous emmèneront probablement au poste pour nous questionner et vérifier nos identités. Je vais leur dire la vérité et ils appelleront tout simplement mon père qui viendra nous chercher.

— *OMG !* Je sens que ma mère ne va pas être contente, là !

(Je me demande de quoi j'ai l'air ce matin. Certainement d'un épouvantail à moineaux, ou quelque chose d'approchant ! Et pas le moindre miroir en vue.)

— Je suis certain qu'elle comprendra, *kameraadje*. Ne t'alarme pas ! Je lui expliquerai tout moi-même.

— Ouais, ben, bonne chance ! Quand elle s'énerve, on ne peut pas placer un mot… Je vais probablement être privée de sorties pendant un mois, moi !

(Si Piet n'a jamais entendu quelqu'un prononcer son nom en étirant la dernière syllabe, il va être servi ! J'imagine déjà la réaction de ma mère : « Pieeet-te, comment as-tu OSÉ mettre ma

Julieeet-te dans une telle situation ? » Oh là là ! Ça va barder, ça, c'est certain !)

6 H 05

Me plantant là avec mes angoisses existentielles, mon ami s'est retourné vers les deux hommes pour continuer à parlementer. Ils s'expriment en néerlandais, ce qui fait que je ne comprends rien du tout… Pas grave. Par contre, je me demande bien quel genre d'haleine je peux avoir à cette heure-ci, moi ! Bon, j'ai beau mettre ma main en coupe et souffler le plus fort que je peux dans ma paume, je ne sens rien. Hum, bizarre ! Décidément, ce truc ne vaut rien !

En regardant par la fenêtre, je constate que le soleil vient à peine de se lever. Il va faire un temps magnifique aujourd'hui, du moins je pense. Qu'est-ce que je peux avoir envie de pipi !

6 H 15

L'un des deux hommes possède un téléphone. Tour à tour, lui et Piet donnent chacun un coup de fil. Je devine que Piet parle à son père. Après avoir rendu l'appareil à son propriétaire, il revient vers moi avec un sourire rassurant.

—Les policiers vont bientôt arriver, *kameraadje*, mais ne te tourmente surtout pas. J'ai parlé à mon père. Tout ira bien. Ta mère est déjà chez nous. Ils se rendent immédiatement au poste de police pour nous y accueillir tout à l'heure.

—Oh!

Je me demande bien ce que ma mère fait chez nos amis à cette heure-ci…

6 H 30

À l'arrivée des policiers, je me tracasse un peu. Ne vont-ils pas imaginer que nous avons fait exprès de nous faire enfermer dans l'annexe? Lorsqu'ils se mettent à me questionner, je pâlis et commence à bégayer lamentablement en français. À voir leurs visages sévères, je ne suis pas loin de penser qu'ils m'accusent des pires crimes, même si je ne comprends pas un mot de ce qu'ils disent, et je perds tous mes moyens. En désespoir de cause, je laisse couler une larme de mon œil droit. (Mon amie Gina trouve que c'est un exploit formidable d'arriver à pleurer sur commande, et d'un seul œil en plus!) Piet ne tarde pas à intervenir, expliquant sans doute que je suis une touriste égarée, et que j'ignore tout de la langue de Van Gogh. Il a raison, je ne suis qu'une pauvre innocente ! Les policiers me regardent d'un air perplexe. Ils ne vont peut-être pas me jeter en prison finalement. Du moins, je l'espère ! J'ai un examen d'histoire vendredi…

6 H 45

Alerté par les policiers, le directeur du musée est arrivé. Il a sans doute voulu se rendre compte lui-même de la situation. Une chance que nous n'ayons fait aucun dégât ! De sa voix douce, Piet s'explique de nouveau avec l'assurance de celui qui n'a rien à cacher, accompagnant ses paroles de gestes posés. Lorsqu'il montre du doigt mon sac à dos et l'entrée de l'annexe, je devine qu'il raconte que tout est ma faute, et je rougis involontairement. Ça y est ! C'est là qu'ils vont me mettre les menottes aux poignets et me traiter en véritable criminelle ! Ils ne semblent cependant pas pressés de le faire, et ils nous indiquent le chemin vers la sortie. J'en profite pour prier Piet de leur demander la permission d'aller aux toilettes. Ils acceptent sans problème. Une chance qu'ils ont renoncé à nous menotter ! Je peux peut-être tenter de fuir par la fenêtre. Peine perdue, il n'y a pas la moindre fenêtre dans la salle d'eau. Pas le choix d'aller retrouver Piet. Au moment de passer le pas de la porte, mon ami me prend galamment le bras et me sourit.

— Par ici, monsieur Jules.

(Comme je suis un peu nerveuse, j'oublie de rire, mais j'aime bien qu'il m'offre son bras. Comme un grand frère…)

7 H

Une fois dehors, je constate avec surprise qu'aucune voiture ne nous attend. Ces policiers seraient-ils venus à pied ? C'est donc bien bizarre. Il fait un temps splendide, en tout cas ! C'est toujours ça de pris avant de me retrouver dans un cachot humide et froid. Nous marchons deux coins de rue, puis pénétrons à l'intérieur d'un bâtiment que seul le mot *Politie*, placé bien en vue au-dessus de la porte, permet d'identifier comme un poste de police. À peine avons-nous franchi le seuil que la voix de ma mère retentit à mes oreilles !

— Pitchounette, Piet, vous voilà enfin !

Étonnamment, maman ne semble pas aussi énervée que je l'avais imaginé… Je remarque que le père de Piet la tient par le coude, un peu comme s'ils étaient mari et femme. Enfin, comme s'ils partageaient une certaine intimité ou comme s'ils se connaissaient de longue date. Hum, bizarre ! Quand diable cela est-il arrivé ?

— Mamaaan !

Je ne sais pas ce qui me prend, mais je deviens soudain émotive. Même si je savais bien que je retrouverais ma mère, toutes ces histoires de guerre et de familles séparées ou affamées m'ont ébranlée, je dois l'avouer. Alors, je me jette dans ses bras et me mets à pleurer.

— Oh ! ma pucette ! En voilà un gros chagrin. Joris et moi nous sommes fait un sang d'encre toute la nuit, nous aussi. Comment avez-vous pu vous enfermer dans ce musée sans que personne s'en aperçoive ?

— Tout est entièrement ma faute, maman. J'avais oublié mon sac à dos dans une des pièces de l'annexe et j'ai insisté pour aller le chercher après la fermeture, alors que les gardiens avaient déjà commencé à fermer les portes.

— Tout est plutôt la mienne, madame Bérubé, intervient Piet, toujours preux chevalier. J'aurais dû prévoir que cela risquait d'arriver.

— Quoi qu'il en soit, tout le monde est sain et sauf, c'est ce qui importe, commente Joris. Marianne, si tu veux bien me donner vos passeports, à Juliette et à toi, je vais aller parler à l'inspecteur-chef avec Piet et tout lui expliquer.

— Merci, cher ami, répond ma mère en lui tendant les papiers d'identité demandés, un sourire aux lèvres.

Comment se fait-il que Joris appelle maintenant maman par son petit nom et qu'il la tutoie ? Et ma mère dans tout ça, que fait-elle ? Je la laisse seule une minute et elle se met à batifoler avec le fils de l'ami de son propre père ! Pfff !

10 H

Les formalités administratives terminées, je ne suis pas fâchée de rentrer à la maison. Ça a été looong ! Heureusement, Joris et Piet nous raccompagnent en Renault.

Une fois sur le quai devant la péniche, maman prend l'initiative d'embrasser la joue du père de Piet.

— Pourquoi ne viendriez-vous pas tous dîner, ce soir ? l'invite-t-elle hardiment.

— Tante Saskia sera ravie !

Il a répondu si vite que j'ai l'impression qu'il s'attendait à cette invitation. Bien sûr, je ne vais pas protester, mais je n'aime pas l'idée que ma mère puisse s'attacher à un homme qui habite à des milliers de kilomètres de l'endroit où vivent mes *BFFs*. Même si, de mon côté, je me suis fait moi aussi un nouvel ami ici. Enfin, j'imagine que Piet ne refuserait pas ce titre... Mon estomac laisse entendre un puissant borborygme. Bon ben, qu'ils complotent autant qu'ils veulent, les adultes, moi je ne serai pas en état de réfléchir tant que je n'aurai rien avalé. Je commence à avoir drôlement faim ! En fait, je frôle l'inanition, là !

— On y va, m'man ?

— On y va, ma pitchounette. Nous vous attendons autour de 18 h pour l'apéro et le dîner, ajoute-t-elle en se tournant de nouveau vers Joris.

— Nous serons là sans faute, acquiesce le père de Piet, l'air ravi d'un chat qui vient d'apprendre à quelle heure on lui servira sa prochaine souris.

Alors que je m'efforce de réprimer une grimace, il se produit une chose incroyable... J'ai peine à l'écrire tellement ça me choque : voilà que le père de Piet se penche vers ma mère et l'embrasse lentement sur la joue EN FERMANT LES YEUX ! Non mais, vous vous rendez compte ? ARK-QUE !

12 H

Maman m'a fait des crêpes au fromage gouda et au miel. J'en ai englouti trois avant de reprendre mon souffle ! Expérimenter les effets d'une pénurie alimentaire de plus de vingt-quatre heures, ce n'est pas pour moi !

— Tu as sommeil ? Tu veux faire une sieste, ma pitchounette ?

— Pas du tout, je me sens très bien. On fait quoi, aujourd'hui ?

Elle sourit.

— Tu as tellement d'énergie, ma Juliettounette. Il a fait tellement mauvais hier que nous n'avons à peu près pas mis le nez dehors. Veux-tu que nous allions nous promener ?

— Avec plaisir !

— Voici ce que je te propose. Comme le soleil brille de tous ses feux aujourd'hui, pourquoi ne pas aller t'asseoir un moment sur le pont de la péniche pendant que je range tout ici ?

— Bonne idée !

Une fois sur le pont, je m'installe sur une des chaises en bois autour de la table. Maman m'a donné un coussin et une couverture. Il fait encore plus chaud qu'en matinée et j'apprécie particulièrement la sensation que me procure le soleil lorsqu'il s'attarde sur mes joues. Ma mère vient me retrouver un peu plus tard, sa tasse de café à la main.

— Le temps de boire mon café et je retourne finir ce que j'ai commencé. Il fait bon, hein ?

— Dis, m'man ? Ça coûte combien une péniche ? On ne pourrait pas vivre là-dessus chez nous ?

— Au Québec, ce n'est pas la coutume, pitchounette. Je ne crois d'ailleurs pas que la température le permettrait. Ici, on trouve apparemment des bateaux logements pour tous les budgets. On m'a dit qu'on pouvait en acheter à partir de 100 000 euros environ, jusqu'à 1,5 million d'euros.

— Quoi ? C'est plus de 2 millions de dollars, non ?

— Absolument ! Le confort a un prix. Dans une ville comme Amsterdam, où les habitations sont collées les unes sur les autres, habiter une péniche permet de posséder une maison individuelle en plein centre-ville. C'est un rare privilège ! Mais il faut vraiment aimer ce mode de vie.

Je pense que j'aimerais bien, justement. Autour de nous, d'autres péniches sont habitées. Toutes sont différentes. La nôtre est peinte en gris et bleu turquoise, mais j'en vois des vertes et rouges, des bleues et blanches, des jaunes… Certaines sont toutes petites, d'autres très grandes. Il y a des belles d'autrefois, mais plusieurs semblent flambant neuves. Beaucoup ressemblent plus à des maisons qu'à des embarcations, en fait. D'autant plus que chacune a sa boîte aux lettres et que des plantes vertes poussent à profusion sur les ponts.

Et même des arbres en pot ! Sur le bateau amarré derrière le nôtre, deux chiens sont couchés, un labrador noir et un golden retriever, et cinq chats grimpent et se promènent un peu partout. Un noir, un gris, un roux, un blanc, un tacheté. Pas de danger qu'ils s'enfuient en se jetant à l'eau. Les chats détestent la baignade ! Quant aux chiens, je ne sais pas…

— À l'origine, les péniches étaient l'unique moyen de transporter les marchandises entre l'Allemagne ou la Belgique et les Pays-Bas. Les familles des bateliers naviguaient avec eux. Cela leur évitait d'être séparés toute l'année, mais les enfants n'avaient malheureusement pas beaucoup l'occasion de fréquenter l'école.

— Cool !

— Peut-être pas tant que ça, pitchounette, rétorque ma mère en souriant. Et puis, peu à peu, des gens dont le travail ne consistait pas à naviguer ont commencé à choisir ce mode d'habitation, juste pour le plaisir de vivre sur l'eau. Il existe une histoire d'amour entre les Amstellodamois et l'eau. Un tiers du pays se trouve au-dessous du niveau de la mer. Amsterdam serait envahi par l'eau, tu sais, si les habitants n'avaient pas construit des digues, des canaux et des dunes de sable pour pouvoir s'y installer.

— On est tellement bien, ici, juste là, dis-je, les yeux mi-clos, savourant les timides rayons du soleil de novembre.

— Tu as raison. Je vivrais bien ici, moi.

— Quoi ?

Comprenant l'énormité de ce qu'elle vient de dire, je me redresse sur mon siège et me tourne vers ma mère en écarquillant les yeux. C'est bien la première fois qu'elle émet ce type d'hypothèse, même si nous parcourons le monde depuis quelques années déjà.

— Dis-moi, entre le père de Piet et toi, il s'est passé quelque chose, non ? Avoue !

— Tu as raison, poussinette. Il s'est passé quelque chose.

Elle a un drôle d'air. À la fois triste et heureuse. Hum, je n'aime pas ça.

— Quoi ? Il s'est passé quoi ?

— Oh ! Pas grand-chose finalement, si ce n'est que Joris et moi avons subi un coup de foudre, du moins je crois.

— Comment ça, tu crois ? Un coup de foudre, c'est drôlement important ! On ne va tout de même pas s'installer ici toutes les deux ?

— Évidemment pas, ma chouette. Il n'en est pas question, ne te tourmente pas. Seulement, j'aurais bien aimé…

Elle baisse les yeux, l'air embarrassé.

— Comment ça, tu aurais bien aimé ?

— Cette nuit, voyant que Piet et toi ne rentriez pas, Joris est venu me chercher pour m'emmener chez eux. Il ne voulait pas que nous restions seuls, chacun de notre côté. La tante Saskia se faisait du mauvais sang, elle aussi. Pendant qu'il remuait ciel et terre pour retrouver votre trace, Joris m'a installée dans la chambre même où dormait ton grand-père lorsqu'il était de passage chez eux. Je pensais que jamais je n'arriverais à dormir mais, à ma grande surprise, je me suis soudain sentie tellement en sécurité ! J'avais le sentiment de n'être plus seule. Comme si la famille de Saskia et Joris m'avait rendu mon père. Je me sens liée à eux par un lien beaucoup plus fort qu'une simple attirance amicale. Tu ne peux sans doute pas comprendre, mais j'aurai beaucoup de mal à retourner à Québec en laissant les Ennenga derrière nous.

— Hum, je crois que j'ai déjà ressenti ça, moi aussi.

— Que veux-tu dire ?

— Bah ! Moi aussi, chaque fois que nous allons quelque part, je noue des liens avec des jeunes de mon âge que je dois quitter ensuite. J'ai parfois beaucoup de chagrin de devoir laisser des amis.

Je me console en me disant que je les reverrai bien un jour.

— Tu as raison, ma fille. Je crois que je suis en train de me laisser un peu aller, là.

Ma mère se lève d'un air décidé.

— Assez pleurniché. J'ai du travail à l'intérieur et nous avons des invités pour dîner, ce soir.

— On ne va pas se promener ?

— Donne-moi encore une petite heure. D'accord ?

— D'accord, m'man !

Je lui souris, même si, pour être franche, je m'inquiète. Comme ça, ma petite maman est amoureuse… On aura tout vu ! Et moi dans tout ça ?

13 H 30

Maman et moi nous promenons à travers les canaux de notre quartier. Méditant sur les événements des derniers jours, nous restons toutes deux à peu près silencieuses, ne communiquant que par monosyllabes. La température joue au yoyo, ici. Un jour, il fait beau et chaud, le lendemain, il pleut à boire debout et on gèle, puis le beau temps revient et ça recommence. Aujourd'hui, il fait aussi chaud que le jour de notre arrivée. Je ferme les yeux un moment pour entendre le son des oiseaux en train de dévorer des pommettes dans un arbre. J'adore Amsterdam!

— Attention, pucette!

Ma mère m'ayant tirée en arrière, j'ai évité de justesse le tramway qui vient de passer sans bruit devant nous. Il vaut mieux regarder à deux fois et même trois fois avant de traverser une rue, ici! Avec les autos, les hordes de vélos et les tramways qui se partagent la route, il faut avoir des yeux tout le tour de la tête! Et puis comment se fait-il que les tramways soient si silencieux, aussi?

— Tu es bien pensive, fillette. Ça va?

— Ben, ouais. Et toi?

— Ça va aller, ma puce.

Je ne vais quand même pas confier à ma mère que je suis, comme elle, torturée à la fois par le chagrin de devoir bientôt quitter des gens auxquels je me suis attachée, et par le besoin que je ressens de retrouver bientôt mon quotidien et de revoir mes *BFFs*. Mes profs m'attendent certainement eux aussi... ☺ Mais je serai capable de faire face au retard accumulé. Du moins, je le crois. Ces quelques jours à Amsterdam ont fait de moi une nouvelle Jules! Plus mature, plus réfléchie.

— Attention, Julieeette, regarde où tu marches!

— Hein?... Oh non! Ark-que!

Je viens de mettre le pied gauche dans une énorme crotte de chien. Misère ! Pendant que maman se tord de rire, je décrotte mon espadrille Nike avec un bout de branche en plissant le nez de dégoût. Merdouille ! Parfois, il me semble que ma vie n'est qu'une vaste comédie dans laquelle j'ai le rôle de la pauvre cloche !

18 H

Piet, son père et sa tante ne vont pas tarder. Ma mère est dans tous ses états. Il s'agit de nos derniers moments tous ensemble puisque, normalement, nous rentrons au Québec demain. J'ai aidé ma petite maman à mettre la table. Nous avons acheté des chandelles au marché cet après-midi et nous en avons disposé un peu partout dans la salle à manger. L'atmosphère sera féérique. Et puis, comme je n'ai pas à ressortir, je porte enfin la fameuse jupe courte en jeans que maman m'a achetée chez De Bijenkorf et que je n'avais pas encore étrennée. ☺

19 H

Ce dîner est décidément très agréable. Maman a préparé le plat qu'elle fait le mieux, c'est-à-dire des spaghettis avec une sauce bolognaise maison. Nos invités ne tarissent pas d'éloges. C'est assurément les meilleurs qu'ils aient jamais mangés, disent-ils, et j'abonde dans le même sens. Elle s'est vraiment surpassée ! Je crois d'ailleurs deviner pourquoi elle s'est tant appliquée. Elle et Joris ne se quittent pas des yeux ! Encore une fois... Ils parlent de leurs emplois respectifs, de ce qui a de l'importance pour eux. Joris enseigne l'histoire à l'université, comme tante Saskia l'a fait avant lui et comme Piet le fera peut-être un jour à son tour, d'après son père.

— Tu veux vraiment devenir prof d'histoire, Piet ? demandé-je.

— Absolument !

C'est monsieur Cayer qui serait ravi d'entendre ça.

— Mais pourquoi ? Explique-moi.

— Je veux raconter ce qui s'est passé afin d'aider les plus jeunes à développer leur esprit critique. Si on ne comprend pas ce qui a eu lieu avant, on est condamnés à reproduire constamment les mêmes lamentables erreurs.

— Oh ! Mais, ça veut dire quoi, concrètement, tout ça ?

— Ça veut dire, par exemple, que si on n'a jamais entendu parler des ravages causés par les guerres, on risque d'être tenté de résoudre nos problèmes en faisant la guerre, nous aussi. Tu comprends ?

— Je pense que oui.

— Et toi, Juliet, s'enquiert tante Saskia, que penses-tu devenir plus tard ? As-tu une idée de ce qui t'intéresse ?

— Oui. Moi, je serai journaliste, comme maman, et je ferai le tour du monde pour expliquer à quel point les guerres sont horribles.

— Oh ! Juliettounette !

Je suis aussi surprise que ma mère ! Ma réponse est sortie toute seule, sans que j'aie vraiment réfléchi. Tout à coup, cela me semble si évident. Je souhaite rencontrer le plus de gens possible, comprendre comment ils vivent, en savoir plus sur leurs valeurs, savoir ce qui importe à leurs yeux et dénoncer les injustices. Et puis, je continuerai de me faire des amis partout parce que l'amitié, il n'y a rien de plus important. Sans blague ! Se sentir accepté, respecté et pouvoir se confier ouvertement, c'est aussi important que d'avoir des parents pour veiller sur soi. Vous ne croyez pas ?

20 H 45

Le dîner terminé, Piet et moi nous éclipsons discrètement dans ma chambre pour écouter de la musique. Mon ami me fait entendre la chanson *Animals* du disc-jockey dont il m'a parlé l'autre jour, Martin Garrix. C'est de la techno house. Trop cool ! Ce que j'aime aussi dans les voyages, c'est pouvoir entendre de la musique de partout. Qui sait, je pourrais peut-être aussi devenir journaliste musicale. À moins que je ne devienne critique culinaire spécialisée dans les pâtes à travers le monde ! Ça me semble une drôle de bonne idée, ça aussi ! Hum, mettons que j'ai encore quelques années devant moi pour prendre une décision…

— Veux-tu danser, Jules ?

— Avec plaisir !

Sautant sur nos pieds, nous montons le son et nous nous mettons à nous tortiller dans tous les sens. Cool ! Il danse bien, Piet, enfin, je dois avouer qu'il est comique tellement il se donne. On a même l'impression qu'il est atteint d'une maladie qui l'empêche de coordonner ses mouvements. Sans pouvoir m'en empêcher, j'éclate de rire. Il rit avec moi, exagérant ses gestes pour me faire rigoler encore plus. Soudain, une bouffée de reconnaissance m'envahit. C'est formidable de passer du temps avec Piet. Il est gentil, il me fait rire et il a si bien pris soin de moi, la nuit dernière. Il est comme un grand...

— Jules ?

— Oui ?

— Accepterais-tu d'être la petite sœur que je n'ai jamais eue ?

— Oh ! Mais dis-moi, comment ça se dit "petite sœur" en néerlandais ?

— *Zusje.*

— Et "grand frère" ?

— *Grote broer.*

— Alors, je serai ta *zusje* avec plaisir, *grote broer* !

Les mots sont sortis de ma bouche aussi spontanément que si cela avait toujours été dans l'ordre des choses. J'ai prononcé les mots néerlandais comme une pro et je n'ai même pas rougi ! La vérité, c'est que Piet est le grand frère dont j'ai moi aussi toujours rêvé ! Je me demande même comment j'ai pu imaginer les choses autrement. Assurément, les événements de la nuit d'hier nous ont rapprochés, mais pas de la façon qu'on aurait pu imaginer. Par contre, j'ai compris autre chose. Mais je ne vous en parlerai qu'en temps et lieu... De l'autre côté de l'Atlantique, il y a Gino et Gina, mes *BFFs*, et ça aussi, c'est super important ! Quoique la dernière fois que je lui ai parlé, il avait l'air plus que bizarre, Gino… Devrais-je m'inquiéter ? Mon cœur se met à battre plus rapidement. Je veux bien renoncer à l'amour de Piet pour me transformer en petite sœur, mais renoncer à Gino… ça, jamais !

21 H 30

Sur le seuil de la péniche, c'est le déluge. Tout le monde pleure. Surtout tante Saskia, maman et moi, en fait. Quant aux hommes, on devine qu'ils tâchent de se retenir, mais que ce n'est pas facile. Puis, une confession de tante Saskia à ma mère surprend tout le monde.

— Vous savez, Marianne, dit-elle, si votre père était finalement revenu pour m'épouser, vous seriez ma fille et j'aurais une bonne raison de vous garder ici, près de moi. À moins que Joris ne finisse par se déclarer, je ne peux que souhaiter vous revoir le plus vite possible. Vous serez toujours chez vous et ma maison sera toujours votre maison.

Elle a dit cela en se tournant vers le père de Piet qui paraît totalement bouleversé. Je suis sous le choc, moi aussi. Eh ! oh ! On se calme, s'il vous plaît tout le monde ! Si mon grand-père avait épousé tante Saskia, je n'existerais peut-être même pas ! En voilà des choses à imaginer !

22 H

C'est le calme plat à bord de la péniche. Maman s'affaire à mettre le réveil à la bonne heure en vue de notre départ autour de 5 h 30 du matin. Je l'entends renifler. Pauvre maman, je vais finir par croire qu'elle est réellement tombée amoureuse de Joris. Bah ! Elle s'en remettra. Qu'en pensez-vous ? Le pire, c'est qu'elle a failli refuser l'offre de ce dernier de nous accompagner à l'aéroport demain matin. Heureusement, Piet et moi avons réussi à la faire changer d'avis. Je n'ai vraiment pas envie de manquer l'avion, moi !

Je me demande ce que fait Gina. Mes bagages bouclés, je suis bien trop excitée par le souvenir de tous les récents événements pour penser à aller dormir. Allons voir sur Facebook qui est là. Je suis déçue, Gina n'est pas là. Oups ! Surprise ! Il y a quelqu'un d'autre.

Gino : Jules ?
Moi : Gino.
Gino : Euh !
Moi : Quoi ?
Gino : Ça va ?
Moi : Oui, pourquoi ?
Gino : Euh ! Je veux m'excuser, Jules. Je pense que je t'ai un peu bousculée l'autre jour.

Moi : Pas grave. Passons à autre chose.
Gino : Justement, j'ai quelque chose d'important à te dire.
Moi : Quoi ?
Gino : Ben, c'est un peu compliqué à expliquer.
Moi : *Shoot !* Commence par le début.
Gino : Tu sais, j'ai beaucoup pensé à toi depuis ton départ au beau milieu du cours de maths, jeudi.
Moi : Oh ! Et puis ?
Gino : Ben. Euh…
Moi : J'ai un peu pensé à toi aussi, tsé.
Gino : C'est vrai ?
Moi : Ben, ouais… T'es mon ami, genre !
Gino : Ouais, chuis ton ami, ça c'est sûr. Mais…
Moi : Mais quoi ? Qu'est-ce que tu as aujourd'hui ?
Gino : Tu pars pas mal souvent, je trouve…
Moi : Ouais, mais la distance n'a pas réellement d'importance, non ?
Gino : Ben, justement, des fois, la distance a de l'importance. Jules, je pense que je suis un peu amoureux.
(Là, mon cœur cesse littéralement de battre. De qui Gino peut-il bien être tombé amoureux ? *OMG !* Je vais mourir ! Comment

peut-il me faire une chose pareille ? Gina est-elle au courant ? Qui est cette fille qui vient m'enlever mon meilleur ami ? Quelqu'un que je connais ? Je pourrais l'étrangler si je l'avais devant moi. Non. Du calme ! Personne n'étranglera personne. Si Gino est amoureux d'une fille, il me faudra l'accepter. C'est déjà une grande preuve de confiance de sa part de m'en parler, à moi.)

Moi : Oh !

Gino : C'est tout ce que tu trouves à dire ?

Moi : Ben, ouais.

Gino : Tu ne veux pas savoir de qui il s'agit ?

Moi : Ben, ouais. C'est qui ?

Gino : Lol.

Moi : Je ne vois pas ce qu'il y a de drôle…

Gino : Justement.

Moi : Bon, tu ne vas pas recommencer à me reprocher mon manque de discernement et tout !

Gino : Peut-être.

Moi : Tu m'en veux ou quoi ? Pourquoi tu me fais tellement de reproches depuis quelques jours ?

Gino : Parce que tu n'arrives pas à voir ce qu'il y a au bout de ton nez.

Moi : Et qu'est-ce qu'il y a au bout de mon nez ?
Gino : Il y a moi en train de t'avouer que je suis amoureux de toi.

Jeudi 5 novembre

8 H 05

Les adieux avec Piet et son père devant la barrière de sécurité de l'aéroport de Schiphol se sont mieux passés que je ne l'appréhendais. Enfin, façon de parler. J'ai cru que ma mère allait s'étouffer tellement elle a sangloté dans le col du veston de Joris. Les gens nous regardaient, je ne savais plus où me mettre, c'était trop la honte ! Il ne faudrait pas que ça lui prenne à chacun de nos voyages parce qu'on ne serait pas sorties du bois... Intérieurement, je soupire de soulagement, je dois l'avouer. À un moment, hier soir, j'ai cru qu'elle allait m'annoncer qu'elle souhaitait s'installer ici pour de bon. Et puis, elle est revenue à la raison, semble-t-il, puisque nous sommes bel et bien à bord de l'avion.

Nous avons décollé à 8 h pile, heure d'Amsterdam. L'avion doit transiter à Paris avant de se rendre à

Montréal. Là, nous devrons prendre un dernier vol avant d'arriver à Québec. Nous serons à la maison autour de midi (18 h à l'heure d'ici) et maman a parlé de m'envoyer à l'école demain. Pour une fois, je n'y vois pas d'inconvénient. Bien au contraire. La vérité, c'est que je n'ai pas dormi de la nuiiit ! Pas parce que le tonnerre et la pluie imitaient le bruit des bombes. Pas non plus parce que j'avais trop mangé de gâteau au chocolat au dessert, ni parce que ma mère a ronflé. Je n'ai pas dormi de la nuit parce que Gina et Gino m'attendent ! Youpidou ! Je voudrais déjà être embarquée, avoir dormi et atterrir enfin à destination ! ☺ Comment il a dit ça, hier soir déjà ? Je me souviens de chaque mot ! : « Il y a moi en train de t'avouer que je suis amoureux de toi. » Rien que d'y penser, j'ai des frissons. Comment se fait-il que je ne me sois jamais aperçue avant que j'étais amoureuse de Gino ? Je me le demande… C'est trop fou. Je suis complètement FOL-LE de lui ! Depuis le premier jour où il a mis les pieds dans la classe de maths en première année du secondaire, genre…

8 H 15

Maman feuillette encore son guide touristique d'Amsterdam.

— Zut ! On va manquer la nuit des musées, le week-end prochain !

— Oh ! ça c'est vraiment dommage, répliqué-je, ironique.

(Déjà que je n'apprécie pas particulièrement les musées, il n'est pas question de passer une autre nuit enfermée dans l'un d'entre eux…)

— Je ne te l'avais pas dit ? Tous les ans, le premier samedi de novembre, les musées d'Amsterdam restent ouverts aux visiteurs la nuit entière. Dommage que ça n'ait pas été le cas, mardi dernier !

— C'est pas une blague ?

— Absolument pas. Regarde !

Elle me brandit sous le nez son guide touristique. Les musées seront effectivement ouverts toute la nuit ce week-end.

Je me demande si Piet pensera à moi à cette occasion-là… ☺

Sur les pas de Juliette

MINIGUIDE DE TA VISITE À AMSTERDAM

Située dans le nord de l'Europe, Amsterdam est la capitale des Pays-Bas. C'est aussi la ville la plus peuplée du pays, bien qu'elle soit d'assez petite taille. Ses 700 000 habitants sont appelés les Amstellodamois. Charmant, n'est-ce pas ? Le nom de la ville évoque ses origines et signifie « barrage (*dam*) sur l'Amstel (fleuve sur les rives duquel elle a été construite) ». Parce qu'elle s'étend sur l'eau, la ville s'est développée autour d'un réseau compliqué de canaux et il paraît qu'elle compte plus de 1 500 ponts. Vu du ciel, l'ensemble des canaux concentriques donne l'impression d'une gigantesque toile d'araignée. On appelle parfois Amsterdam « la Venise du Nord ». La partie la plus ancienne de la ville figure sur la liste du Patrimoine mondial de l'UNESCO.

Avec ses étroites maisons datant du Moyen Âge, Amsterdam est d'une grande originalité et d'une grande beauté. On y trouve certains des plus beaux musées de la planète, mais ce n'est pas tout, cette ville regorge d'activités destinées aux gens de tous les âges et de tous les goûts. De plus, on dit que la qualité de vie y est parmi les meilleures d'Europe. Tu aimeras ce fabuleux endroit autant que moi, j'en suis certaine !

ARRIVER À AMSTERDAM ET SE RENDRE EN VILLE

L'aéroport de Schiphol est situé à une vingtaine de kilomètres au sud-ouest d'Amsterdam. Son unique terminal est également une importante gare ferroviaire. Le train vers Centraal Station est le moyen le moins coûteux pour rejoindre le centre-ville, mais tu peux choisir de prendre un taxi. Les employés de l'aéroport parlent anglais en plus du néerlandais. Certains parlent aussi français.

MONNAIE

Les Pays-Bas ont adopté l'euro en 2002. La monnaie de l'Union européenne compte sept billets : le plus petit est celui de 5 euros, de couleur grise, suivi des billets de 10, 20, 50, 100, 200 et 500 euros. Elle comprend aussi huit pièces. Celles de 2 euros, 1 euro, 50 cents, 20 cents et 10 cents sont de couleur dorée, tandis que celles de 5 cents, 2 cents et 1 cent sont de couleur bronze.

SE DÉPLACER

La voiture est sans doute le pire moyen pour se déplacer à Amsterdam. Les voies réservées aux automobiles sont étroites et les sens uniques, très nombreux. En revanche, le réseau de tramway, de métro et de bus est fort efficace. Une carte à puce te permettra d'utiliser tous les transports publics. Mais pour faire comme les Amstellodamois, il faut se déplacer à vélo. On trouve des boutiques de location de vélos partout! Enfin, découvrir Amsterdam en sillonnant ses rues à pied est un pur délice…

VISITER

Il y a une foule de choses à voir à Amsterdam. Je ne sais pas pourquoi, mais même les musées me semblent plus intéressants ici qu'ailleurs! Et puis, il y a la place du Dam, les marchés, les parcs, ainsi que le spectacle des rues et les centaines de milliers de vélos. Tu adoreras aussi flâner le long des canaux et admirer l'architecture très particulière des maisons. Enfin, question musées, voici mon top 5!

Amsterdam Museum

Situé dans un ancien orphelinat, ce musée interactif retrace l'histoire de la ville depuis ses origines et son évolution jusqu'au XXe siècle. Très intéressant pour commencer ton séjour ! J'y ai appris des tas de trucs sur les canaux notamment.

Kalverstraat 92
http://www.amsterdammuseum.nl

La maison d'Anne Frank

La visite de la maison où Anne Frank a dû se cacher durant l'Occupation allemande est très émouvante en plus d'être incontournable. À faire absolument ! Tu en apprendras plus sur l'Holocauste et la Seconde Guerre mondiale et tu pourras toi aussi visiter « l'annexe », cet espace exigu où la jeune fille de treize ans vécut cloîtrée en compagnie de sept autres personnes, dont ses parents, sa sœur Margot, son copain Peter van Pels, les parents de celui-ci et un ami de la famille, monsieur Pfeffer. Vérifie bien les heures de fermeture pour ne pas t'y retrouver enfermé toi aussi ! ☺ Le musée se trouve à une vingtaine de minutes à pied de la gare centrale. Les tramways 13, 14 et 17 et les autobus 170, 172 et 174 s'arrêtent à proximité, à l'arrêt « Westermarkt ».

Prinsengracht 263-267
http://www.annefrank.org

ANNE FRANK

La jeune fille s'est rendue célèbre grâce à son journal intime, qui lui fut offert pour son treizième anniversaire. Comme bien des ados de son âge, Anne aimait les stars de cinéma, rêvait d'amour et de célébrité, et ne s'entendait pas toujours très bien avec sa mère… Par malchance, elle vécut son adolescence pendant la Seconde Guerre mondiale. Lors de cette guerre, les personnes de confession juive furent persécutées par les nazis. Anne et sa famille durent fuir. Avec quelques amis, les Frank se réfugièrent dans une « annexe », une section cachée de l'immeuble qui abritait les bureaux et l'entrepôt de la société que possédait le père d'Anne. Ils y logèrent entassés pendant vingt-cinq mois avant d'être découverts et envoyés en camp de concentration. Seul le père d'Anne survécut. Il récupéra le journal de sa fille et le fit publier afin que personne ne puisse oublier ce qui était arrivé. Entre 1941 et 1945, six millions de Juifs européens trouvèrent la mort, dont plus d'un million d'enfants. Je sais, c'est très triste, mais *Le Journal d'Anne Frank* ne l'est pas, puisque son auteure conservait son sens de l'humour, malgré sa situation difficile et ses réflexions parfois plus sombres. J'ai même eu la surprise de découvrir que j'avais plusieurs points en commun avec elle. Toi aussi, je parie ! Le livre a été traduit dans plus de soixante-dix langues et s'est vendu à trente millions d'exemplaires depuis sa première parution, en 1947.

Le musée Van Gogh

Le musée Van Gogh te permettra de t'initier à l'œuvre de ce peintre remarquable et connu dans le monde entier. D'accord, il semblait un peu maboul, mais je t'assure que la visite du musée ne te décevra pas. Tu pourras, entre autres, y admirer les originaux de tableaux dont tout le monde a entendu parler, comme la fameuse *Chambre de Vincent à Arles* et *Les Tournesols*, ainsi que plusieurs autoportraits. De la gare centrale, il faut prendre le tramway numéro 2 ou 5. Le nom de l'arrêt le plus près est « Van Baerlestraat ».

Paulus Potterstraat 7
http://www.vangoghmuseum.com

VAN GOGH

Né aux Pays-Bas en 1853 et mort en France en 1890, Vincent van Gogh est reconnu aujourd'hui comme l'un des artistes peintres majeurs de son époque. Il a laissé plus de 2 000 toiles et dessins, et son œuvre est désormais célèbre, même s'il était pratiquement inconnu de son vivant. Ironiquement, alors qu'il vécut et mourut dans la pauvreté et la modestie, ses tableaux comptent à présent parmi les plus chers au monde ! En 1990, un de ses tableaux, le *Portrait du docteur Gachet*, s'est vendu 82,5 millions de dollars américains. Incroyable, non ? En 2014, une œuvre peinte quelques semaines avant sa mort,

Vase avec marguerites et coquelicots, fut achetée 61,8 millions lors d'une vente aux enchères de Sotheby's à Manhattan. La vie de Van Gogh ne fut pas facile: il avait une personnalité complexe et on dit qu'il était instable mentalement. Un jour, il s'est coupé l'oreille après une dispute avec son grand ami Gauguin! Avoue que ce n'est pas banal comme histoire... Par ailleurs, le peintre était très proche de son frère Théo à qui il écrivait beaucoup. Ses lettres, ainsi que des photographies, sont conservées au musée Van Gogh d'Amsterdam. Elles nous en apprennent beaucoup sur cet immense artiste. Quant à ses tableaux, ils témoignent surtout de la vie quotidienne des gens ordinaires au XIXe siècle. Après avoir expérimenté le style de plusieurs de ses prédécesseurs, dont l'impressionnisme, le peintre avait fini par créer son propre style, reconnaissable entre tous, surtout en matière de paysages et d'autoportraits.

Coster Diamonds

Amsterdam est réputée pour ses diamantaires. La diamanterie Coster vaut le détour si on souhaite assister au processus délicat de sciage et de polissage des diamants. De plus, la visite du petit musée est gratuite. Trop génial, ne manque surtout pas ça!

Paulus Potterstraat 2-6

http://www.costerdiamonds.com/about-us

Le Scheepvaartmuseum

Le Scheepvaartmuseum est un musée maritime. On dit qu'il abrite les plus riches collections consacrées à la navigation au monde, mais il offre surtout de multiples activités pour les enfants et les ados. On peut aussi y voir de près plusieurs bateaux, dont une chaloupe royale entièrement dorée ainsi que la réplique du navire *Amsterdam*, avec des acteurs habillés en costume d'époque en guise d'équipage pour t'y accueillir. J'ai a-do-ré ! Dans le quartier Plantage.

rue Kattenburgerplein 1
http://www.hetscheepvaartmuseum.nl

MAGASINER

Chaque quartier d'Amsterdam présente des boutiques qui reflètent son caractère. Le quartier des musées propose des magasins chics, tandis que les commerces d'artisanat se trouvent plutôt du côté du Jordaan, un quartier plus bohème. Les marchés sont à visiter absolument, surtout les puces du Noordermarkt qui ont lieu chaque lundi matin ! On dit que l'endroit a accueilli son premier marché aux puces en 1627. Tu réalises ? Le marché flottant aux fleurs, le Bloemenmarkt, constitue aussi l'une des grandes attractions touristiques d'Amsterdam. Il est situé sur le canal Singel, à environ dix minutes de marche du Dam. À défaut de pouvoir te payer un diamant ou un vélo, ne reviens surtout pas à la maison sans ta propre paire de sabots. On en vend dans les boutiques de tous les quartiers touristiques. Enfin, situé directement sur la place du Dam, le grand magasin De Bijenkorf est un incontournable du magasinage aux Pays-Bas. Disons qu'il est à Amsterdam ce que le Macy's est à New York...

Dam 1, Amsterdam
http://www.debijenkorf.nl

MANGER

À mes yeux, les spécialités culinaires des Pays-Bas sont aussi étranges qu'exotiques. Encore une fois, le Noordermarkt est le lieu idéal pour se procurer des produits frais et locaux. En vente partout, les frites sont délicieuses, mais je demeure perplexe devant le hareng... J'ai plutôt aimé l'*erwtensoep,* une épaisse soupe aux pois et à la saucisse. Si le cœur t'en dit, essaye le *stamppot,* un plat à base de purée de pommes de terre, de chou vert, d'endives et de bacon. Tu m'en diras des nouvelles ! Enfin, il faut absolument goûter le fromage gouda. Personnellement, je le trouve délicieux.

Les cafés de la ville sont une attraction en soi. Il y en a partout. On y mange plutôt bien et à bon prix. Certains sont vraiment très très... vieux et servent des plats traditionnels, alors que d'autres sont plus modernes et adaptés au goût du jour. Les assiettes sont généralement très copieuses. Les restaurants de cuisine indonésienne foisonnent aussi puisque l'Indonésie est une ancienne colonie néerlandaise.

Enfin, dans Vondelpark, situé dans le quartier des musées, la Blauwe Theehuis, ou « Salon de thé bleu » est une véritable institution. J'ai goûté à leurs hamburgers et je t'assure qu'ils sont délicieux !

http://www.blauwetheehuis.nl

SORTIR

Encadré de tourelles, le magnifique édifice abritant le cinéma Tuschinski fit sensation lorsqu'il ouvrit ses portes en 1921. Il est encore splendide et y voir un film constitue une expérience que tu ne risques pas d'oublier de sitôt. Boiseries, vitraux, lampes et tapisseries sont d'époque ! Il faut absolument que tu visites le site de ce cinéma sur Internet !

Reguliersbreestraat 26-34

https://www.pathe.nl/bioscoop/tuschinski

POUR PLUS DE RENSEIGNEMENTS TOURISTIQUES SUR LES PAYS-BAS

Visite la section française du site Internet de l'office du tourisme.

http://www.holland.com/fr/tourisme.htm

LEXIQUE FRANÇAIS-NÉERLANDAIS DE VOYAGE

Français	Néerlandais
Bonjour	Goedendag
Bonsoir	Goedenavond
Bonne nuit	Goedenacht
Oui	Ja
Non	Nee
S'il vous plaît	Alstublieft
Merci	Dank u
Quoi ?	Wat ?
Excusez-moi	Pardon
Combien ?	Hoeveel ?
Parlez-vous français ?	Spreekt u Frans ?
Je ne comprends pas.	Ik begrijp het niet.
Attention !	Kijk uit !
Au secours !	Help !
Ami	Kameraadje
Rue	Straat
Canal	Gracht
Marché	Markt
Un	Een
Deux	Twee
Trois	Drie

Quatre	Vier
Cinq	Vijf
Six	Zes
Sept	Zeven
Huit	Acht
Neuf	Negen
Dix	Tien
Cent	Honderd
Mille	Duizend

UN PEU D'HISTOIRE

Les premiers habitants d'Amsterdam furent les pêcheurs qui s'installèrent sur la rive droite de l'embouchure du fleuve Amstel, au XIIIe siècle, et y construisirent un barrage destiné à les protéger des inondations. L'édification d'un réseau compliqué de digues, d'écluses et de canaux s'étala sur plusieurs siècles et Amsterdam témoigne d'une guerre sans merci contre l'envahissement par les eaux. La « ceinture de canaux » — ou *grachtengordel* — du centre d'Amsterdam est une telle merveille d'ingéniosité humaine qu'elle a été inscrite au Patrimoine mondial par l'UNESCO en 2010 !

Pour t'aider à t'y retrouver, voici une brève chronologie, ponctuée de quelques dates importantes.

CHRONOLOGIE

1125 C'est environ à cette époque que les premiers pêcheurs installent leurs huttes à l'embouchure de l'Amstel.

1222 Première écluse sur l'Amstel.

1264 Début de la construction de digues sur l'Amstel.

1502 Amsterdam compte 12 000 habitants.

1506 Charles Quint règne sur les 17 provinces des Pays-Bas.

1551 Amsterdam compte environ 30 000 habitants.

1613 Première phase de construction des canaux.

1624 Le peintre Rembrandt s'installe à Amsterdam et y réalise ses plus célèbres tableaux.

1669 Mort de Rembrandt.

1780-1784 Guerre contre l'Angleterre.

1806 Louis Bonaparte devient roi des Pays-Bas.

1831 Le sud des Pays-Bas acquiert son indépendance et devient la Belgique.

1889 Fin de la construction de la gare centrale d'Amsterdam.

1914-1918 Les Pays-Bas restent neutres pendant la Première Guerre mondiale.

1928 Les Jeux olympiques d'été ont lieu à Amsterdam.

1940 L'Allemagne envahit les Pays-Bas alors que la Seconde Guerre mondiale bat son plein.

1940 La reine Wilhelmine fuit en Angleterre et le Canada accueille la princesse héritière Juliana et ses deux enfants en bas âge.

1945 Hiver de la faim en Hollande. Au printemps, libération des Pays-Bas et capitulation de l'Allemagne.

1963 Amsterdam compte plus de 800 000 habitants.

1973 Fondation du musée Van Gogh en l'honneur du peintre néerlandais né en 1853 et mort en 1890.

1980 La reine Juliana abdique en faveur de Beatrix.

1981 Amsterdam est reconnue capitale des Pays-Bas.

2014 Plus d'un million d'habitants vivent à Amsterdam.

2015 Visite de Juliette.

20xx Ta visite.

QUESTIONNAIRE

1. Quel est le nom de la guerre pendant laquelle vécut et périt Anne Frank ?

a. La guerre du Golfe
b. La guerre d'indépendance
c. La Première Guerre mondiale
d. La Seconde Guerre mondiale
e. La guerre des Tuques

2. Comment appelle-t-on les habitants de la ville d'Amsterdam ?

a. Les Damois
b. Les Amstellodamois
c. Les Amsterdanois
d. Les Amsterdamiens
e. Les Amis de l'eau

3. Où s'est donc réfugiée la princesse Juliana de Hollande en 1940 ?

a. En Angleterre
b. En France
c. Aux États-Unis
d. En Indonésie
e. Au Canada

4. À quel siècle vécut Vincent van Gogh ?

a. Au XXe siècle
b. Au XIIIe siècle
c. Au XIXe siècle
d. Au XXIe siècle
e. Au XVIIIe siècle

5. Comment s'appelait le petit ami d'Anne lorsqu'elle vivait dans l'annexe ?

a. Pied
b. Piette
c. Piet
d. Peter
e. Pierre

6. Quelle est la signification du mot *straat* en français ?

a. Strate
b. Canal
c. Rue
d. Maison
e. Musée

7. Qu'est-ce qu'une digue ?

a. Un remblai servant de barrage à l'eau
b. Un fruit poussant aux Pays-Bas
c. Un pont typique des Pays-Bas
d. Une rue typique de la ville d'Amsterdam
e. Un canal

8. Quel type de cuisine exotique retrouve-t-on en abondance à Amsterdam?

a. La cuisine mexicaine
b. La cuisine indonésienne
c. La cuisine sans gluten
d. La cuisine française
e. La cuisine de chez nous

9. Qui est Rembrandt?

a. Un ami de la famille de Juliette
b. Un roi d'Angleterre qui fut en guerre contre les Pays-Bas
c. Un membre de la famille de Piet
d. Le chien de Piet
e. Un célèbre peintre du XVIIe siècle

10. Quelle sorte de poisson Piet offre-t-il à Juliette de goûter lors de leur visite sur la place du Dam?

a. Du hareng
b. Du saumon fumé
c. De l'anguille bouillie
d. De la marmotte crue
e. Des frites

Réponses en page 261

Ton carnet de visite

Date : ____________________ **Météo :** ______________

Visites du jour : ______________________________

____

____

____

____

Avec qui ? ______________________________

Tes impressions : ______________________________

____

____

____

____

____

____

____

____

____

____

____

Date: ______________________ **Météo:** _______________

Visites du jour: ____________________________________

____

____

____

____

Avec qui? ____________________________________

Tes impressions: ____________________________________

____

____

____

____

____

____

____

____

____

____

____

____

____

____

Date: ______________________ **Météo:** ______________

Visites du jour: ____________________________________

____

____

____

____

Avec qui? ____

Tes impressions: ___________________________________

____

____

____

____

____

____

____

____

____

____

____

____

____

____

Date: ______________________ **Météo:** _______________

Visites du jour: ____________________________________

Avec qui? ____

Tes impressions: ____________________________________

Date: ____________________ **Météo:** ______________

Visites du jour: ________________________________

Avec qui? ________________________________

Tes impressions: ________________________________

Date: ____________________ **Météo:** ______________

Visites du jour: ______________________________

____

____

____

____

Avec qui? ______________________________

Tes impressions: ______________________________

Date: ____________________ **Météo:** ______________

Visites du jour: ______________________________

____

____

____

____

Avec qui? ______________________________

Tes impressions: ______________________________

____

____

____

____

____

____

____

____

____

____

____

____

____

____

Date: ______________________ **Météo:** ______________

Visites du jour: ______________________________

Avec qui? ______________________________

Tes impressions: ______________________________

RÉPONSES AU QUESTIONNAIRE

1. d. Et certainement pas la guerre des Tuques !
2. b. Même s'il est vrai que les Amstellodamois sont très attachés à l'eau.
3. e. Tandis que sa mère, la reine Wilhelmine, attendit la fin de la guerre en Angleterre.
4. c. Au XIXe siècle et certainement pas au XXIe, sinon tu risquerais de le rencontrer dans l'un de tes voyages !
5. d. Tu en connais beaucoup des garçons qui s'appellent Pied, toi ?
6. c. Si tu as bien répondu, toutes mes félicitations. Tu parles presque parfaitement le néerlandais !
7. a. Même si j'avoue que cela ferait un joli nom de fruit.
8. b. Si tu as choisi la lettre « e », il est grand temps de te mettre à voyager !
9. e. Évidemment. Si tu as choisi « d », tu as tellement envie d'un animal de compagnie que tu vois des chiens là où il n'y en a pas.
10. a. Bien sûr. La marmotte n'est pas un poisson et les frites non plus !

LEXIQUE

9 **Plate** – Ennuyeux.
11 ***BFF*** – *Best friend forever,* meilleure amie.
16 **Être pas de rapport** – Être à côté de la plaque.
19 ***Cute*** – Mignon, charmant.
20 **Garde-robe (mot masculin au Québec)** – Placard où l'on entrepose les vêtements.
25 **Chandail** – Pull, sweat-shirt.
32 **Être le fun** – Être cool, agréable, bien.
36 ***Chill*** – Cool.
54 ***OMG!*** – Oh, mon Dieu! Abréviation de *Oh, my God!*
Party – Fête.
58 **Margoulette** – Figure.
59 ***Fiter* (avec)** – S'agencer, aller (avec).
62 **Niaiser** – Se moquer de, charrier.
63 **Capoter** – Être excité, halluciner, s'énerver, flipper.
Magasinage – Shopping.
71 ***Full*** – Complètement, très.
85 ***Mix5*** – Mixmania, saison 5 (Mixmania est une émission de téléréalité québécoise pour ados où l'on recrute de jeunes talents de la chanson

avant de les mettre en compétition les uns avec les autres).

91 **Être poqué** – Avoir très mauvaise mine en raison des activités de la veille.

94 **Chum** – Petit ami, amoureux, copain.

95 **Gossant** – Énervant, agaçant, ennuyeux.

100 **Fin, fine** – Gentil, gentille, aimable.

112 **Poche** – Nul, médiocre.

127 **Jaser** – Bavarder (sens beaucoup plus neutre qu'en France ou « jaser » signifie « médire, parler en mal dans le dos de quelqu'un »).

129 **Fru** – Frustré.

132 **Tuque** – Bonnet.

143 **Mauzusse (de)** – Fichu, foutu.

152 **Torpinouche (de)** – Satané.

Chanceuse en titi – « En titi » : beaucoup ; « chanceuse en titi » : très chanceuse.

LA VIE COMPLIQUÉE DE Léa Olivier

La série 2.0 préférée des ados !

Tome 1 « Perdue »

Tome 2 « Rumeurs »

Tome 3 « Chantage »

Tome 4 « Angoisses »

Tome 5 « Montagnes russes »

Tome 6 « Tornades »

Roman

Tome 7 « Trou de beigne »

Tome 8 « Rivales »

La vie (moins) compliquée
de Maude M. Bérubé

Kennes
Destination Québec

LA VIE MOINS COMPLIQUÉE DE Maude M. Bérubé

Retrouve Katherine, Jeanne, Éloi, Alex et tous les autres pendant l'année qui a précédé l'arrivée de Léa à Montréal. Et découvre pourquoi Maude est la reine des nunuches !

Kennes
Destination Québec

Catalogue Jeunesse Kennes Éditions

Max et Bouzouki

Falzar & David Evrard
(à partir de 6 ans)

Mini-livres illustrés

1. Bouzouki superstar
2. Tonton Cactus se marie
3. La plaine de jeux
4. À la campagne
5. Mission Minouminou
6. Mon ami Bouzouki

Livres illustrés

1. Une belle journée à la mer
2. Le chemin de l'école
3. Bon anniversaire, Léa !
4. Pique et pique et... petites paniques
5. Sur un arbre perché
6. Bouzouki fait régime

Bandes dessinées

1. Gags et glissades !
2. Gags en rafale !
3. Champions du gag !

Capitaine Static

Alain M. Bergeron & Sampar
(à partir de 6 ans)

Livres illustrés

1. Capitaine Static
2. L'imposteur
3. L'étrange Miss Flissy
4. Le Maître des Zions

Justices

Renaud De Vriendt
(à partir de 8 ans)

Roman

1. Les deux ligues

Les drôles de vacances de Coralie

Catherine Girard-Audet
(à partir de 8 ans)

Roman

L'envers des contes

Catherine Girard-Audet
(à partir de 8 ans)

Romans

1. Journal de la sœur (pas si) laide de Cendrillon
2. Journal du (pas si) Grand Méchant Loup
3. Journal de la belle-mère (pas si) cruelle de Blanche-Neige
4. Journal d'un nain (pas si) grincheux
5. Journal de la marraine (pas si) maléfique de la Belle au Bois Dormant

Sorcières Sorcières

Joris Chamblain &
Lucile Thibaudier
(à partir de 8 ans)

Romans

1. Le mystère du jeteur de sorts
2. Le mystère des mangeurs d'histoires

Bandes dessinées

1. Le mystère du jeteur de sorts
2. Le mystère des mangeurs d'histoires

Fairy Oak

Elisabetta Gnone
(à partir de 9 ans)

Roman

1. Le secret des jumelles

Nanny Mandy

Joris Chamblain,
Pacotine et Virginie
Blancher
(à partir de 10 ans)

Roman

1. Mathis et le grand trésor

Bande dessinée

1. Mathis et le grand trésor

Guiby

Sampar
(à partir de 10 ans)

Bandes dessinées

1. Une odeur de soufre
2. Le piège

Les filles de A à Z

(à partir de 10 ans)

Guides pratiques

T'es qui, toi ?
Guide 2016
Mon carnet de l'amitié
150 trucs pour survivre à sa vie
d'ado

Ninn

Jean-Michel Darlot &
Johan Pilet
(à partir de 10 ans)

Bande dessinée

1. La ligne noire

La vie compliquée de Léa Olivier

Catherine Girard-Audet
(à partir de 10 ans)

Romans

1. Perdue
2. Rumeurs
3. Chantage
4. Angoisses
5. Montagnes russes
6. Tornades
7. Trou de beigne
8. Rivales

La vie (moins) compliquée de
Maude M. Bérubé

Bandes dessinées

1. Perdue
2. Rumeurs

(Catherine Girard-Audet, Alcante
& Borecki)

Juliette

Rose-Line Brasset
(à partir de 10 ans)

Romans

1. Juliette à New York
2. Juliette à Barcelone
3. Juliette à La Havane
4. Juliette à Amsterdam

Les filles modèles

Marie Potvin
(à partir de 10 ans)

Romans

1. Guerre froide
2. Amitiés toxiques
3. SOS Cendrillon

L'incroyable histoire de Benoit-Olivier

Daniel Brouillette
(à partir de 10 ans)

Romans

1. WAF le chien
2. Bienvenue dans la chnoute
3. Cavale et bobettes brunes
4. Au royaume des 10 000 mouches noires
5. Opération Ping Pow Chow

Bandes dessinées

1. WAF le chien
2. Bienvenue dans la chnoute

(Daniel Brouillette, Alcante & Steven Dupré)

Braven Oc

Alain Ruiz
(à partir de 10 ans)

Romans

1. L'épée de Galamus
2. Le cri des eaux salées

Bande dessinée

1. L'épée de Galamus

(Alain Ruiz, Alcante & Picksel)

Billie-Lou

Sarah-Maude Beauchesne
(à partir de 13 ans)

Roman

Kelly McDade

Sylvie G.
(à partir de 13 ans)

Roman

1. L'appât

Les filles

Christopher
(à partir de 13 ans)

Bandes dessinées

1. Pyjama party
2. Papier peint
3. Action ou vérité
4. Telle mère telle fille
5. Au nom du père
6. Bain de minuit
7. Nuits blanches